¡NO BAJES AL SÓTANO!

Busca otros libros de Escalofríos:

Bienvenidos a la casa de la muerte

Sangre de monstruo

Escalofríos

¡NO BAJES AL SÓTANO!

R.L. STINE

AN
APPLE
PAPERBACK

SCHOLASTIC INC.
New York Toronto London Auckland Sydney

Traducción:
Magdalena Holguín

ISBN 0-590-50212-3

12 11 10 9 8 7 6 5 4 3 2 1 6 7 8 9/9 0 1/0

Printed in the U.S.A. 40

First Scholastic printing, November 1995

Original title GOOSEBUMPS: *Stay Out of the Basement*

¡NO BAJES AL SÓTANO!

—Oye, papá, ¡atrápalo!

Charlie lanzó el *frisbee* sobre el césped verde y liso. Su padre hizo una mueca, entrecerrando los ojos para protegerlos del sol. El *frisbee* golpeó sobre el suelo y rebotó varias veces antes de aterrizar bajo el seto, detrás de la casa.

—Hoy no —dijo el doctor Berger—. Estoy ocupado. —Se volvió abruptamente y entró en la casa, cerrando de un golpe la puerta.

Charlie apartó el rubio mechón de pelo de su frente.

—¿Qué le ocurre? —preguntó a Margaret, su hermana, quien había observado toda la escena desde el costado del garaje de la casa.

—No te preocupes —dijo Margaret en voz baja. Se secó las manos sobre sus *jeans* y las levantó para recibir el *frisbee*—. Jugaré contigo un rato —dijo.

—Está bien —respondió Charlie sin entusiasmo, mientras se dirigía lentamente hacia el seto para recuperar el *frisbee.*

Margaret se aproximó. Sentía lástima por él. Siempre había sido muy unido a su padre; jugaban *frisbee* o *Nintendo* juntos. Pero el doctor Berger ya no parecía tener tiempo para estas cosas.

Margaret saltó para atrapar el *frisbee* y advirtió que también sentía lástima por ella misma. Su padre ya no era el mismo con ella tampoco. De hecho, pasaba tanto tiempo en el sótano que apenas le dirigía la palabra.

"Ya ni siquiera me llama princesa", pensó Margaret. Era un apodo que odiaba. Pero al menos era un apodo, un signo de cariño. Lanzó el *frisbee* de nuevo y lo hizo mal. Charlie corrió detrás de él, pero no pudo alcanzarlo. Margaret contempló las colinas doradas detrás del jardín.

"California", pensó.

Es tan extraño aquí . . . estamos a mediados de invierno, y no hay una nube en el cielo; Charlie y yo estamos con camisetas y *jeans*, como si fuese pleno verano.

Se lanzó a atrapar el *frisbee* y giró sobre el césped bien cuidado; lo sostuvo sobre su cabeza en señal de triunfo.

—Presumida —murmuró Charlie poco impresionado.

—Eres el perro caliente de la familia —gritó Margaret.

—Tú eres un pavo.

—Oye, ¿quieres que juegue contigo o no?

Charlie se encogió de hombros.

Todos estaban tan susceptibles en estos días, advirtió Margaret.

Era fácil adivinar por qué.

Lanzó el *frisbee* muy arriba y éste pasó sobre la cabeza de su hermano.

—¡Ve *tú* a buscarlo! —gritó enojado.

—¡No, *tú*! —exclamó ella.

—¡Tú!

—Charlie, tienes once años. No te portes como si tuvieras dos —respondió.

—¡Pues tú actúas como si tuvieras uno! —fue su respuesta, mientras se dirigía de mala gana en busca del *frisbee*.

"Papá tiene la culpa de todo", pensó Margaret. El ambiente se había tornado muy tenso desde que había comenzado a trabajar en casa — en el sótano— con sus plantas y aquellas extrañas máquinas. Rara vez salía a tomar el aire.

Y cuando lo hacía, ni siquiera atrapaba el *frisbee*.

Ni pasaba dos minutos seguidos con ninguno de ellos.

"Mamá también se ha dado cuenta", pensó Margaret, mientras corría tras el *frisbee* y lo atrapaba de manera magistral antes de chocar con la pared del garaje.

El que su padre permaneciera en casa ponía nerviosa a su mamá también. "Finge que todo está bien, pero sé que está preocupada por él".

—Tienes suerte, ¡gordita! —gritó Charlie.

Margaret odiaba que le dijeran gordita aún más que princesa. Los miembros de su familia la apodaban así pues era muy delgada, como su padre. También era alta como él, pero tenía el cabello lacio y oscuro de su madre, ojos castaños y piel morena.

—No me digas así. —Lanzó el disco rojo hacia él. Charlie lo atrapó en sus rodillas y de inmediato se lo devolvió.

Jugaron durante cerca de un cuarto de hora, sin decir nada.

—Tengo calor —dijo Margaret, protegiendo con la mano sus ojos del sol de la tarde—. Entremos a la casa.

Charlie lanzó el *frisbee* contra la pared del garaje. Cayó al suelo. Se aproximó corriendo a su hermana.

—Papá siempre juega más tiempo —dijo irritado—. Y lo lanza mejor. Tú lo lanzas como una niña.

—Déjame en paz —gruñó Margaret, y lo empujó juguetonamente mientras corría hacia la puerta de atrás—. Tú lo lanzas como un chimpancé.

—¿Por qué despidieron a papá? —preguntó Charlie.

Margaret parpadeó. Y se detuvo. La pregunta la había tomado por sorpresa.

—¿Cómo?

El rostro pálido y pecoso de Charlie se puso serio.

—Tú sabes. Quiero decir, ¿por qué? —preguntó, evidentemente incómodo.

Nunca había hablado de esto con Charlie durante las cuatro semanas que su padre había permanecido en casa. Lo cual era extraño, pues eran muy unidos y sólo se llevaban un año de diferencia.

—Nos mudamos aquí para que papá pudiera trabajar en el Politécnico, ¿verdad? —preguntó Charlie.

—Sí. Pero . . . lo despidieron —dijo Margaret en voz baja, para que su padre no pudiera escucharla.

—Pero, ¿por qué? ¿Hizo estallar el laboratorio, o algo así? —dijo Charlie sonriendo. La idea de que su padre hiciera volar en pedazos el laboratorio de ciencias de una universidad le parecía atractiva.

—No, no hizo estallar nada —dijo Margaret jugando con un mechón de sus oscuros cabellos—. Los botánicos trabajan con plantas, sabes. No tienen oportunidad de hacer volar nada en pedazos.

Ambos se rieron.

Charlie la siguió a la estrecha zona de sombra que daba la casa, construida como un rancho.

—No sé exactamente qué sucedió —prosiguió

Margaret en un susurro—. Pero escuché cuando papá hablaba por el teléfono. Creo que hablaba con el señor Martínez, el director del departamento. ¿Lo recuerdas? ¿Aquel hombrecillo silencioso que vino a cenar el día que se incendió la parrilla de la barbacoa?

Charlie asintió.

—¿Martínez despidió a papá?

—Es probable —murmuró Margaret—. Por lo que escuché, tuvo algo que ver con las plantas que cultivaba papá, o con algunos experimentos que habían salido mal.

—Pero papá es muy inteligente —insistió Charlie, como si Margaret estuviera discutiendo con él—. Si los experimentos salieron mal, él sabría cómo arreglarlos.

Margaret se encogió de hombros.

—Es todo lo que sé —dijo—. Vamos, Charlie, entremos. ¡Me muero de sed! —Sacó la lengua y gimió, para demostrar la terrible necesidad que tenía de beber algo.

—Eres horrible —dijo Charlie. Abrió la puerta y luego se le adelantó para entrar primero.

—¿Quién es horrible? —preguntó la señora Berger desde la cocina. Se volvió para saludarlos—. Es mejor que no me respondas.

"Mamá luce muy fatigada hoy", pensó Margaret, al advertir las finas líneas en torno a sus ojos y los primeros mechones de cabellos grises en su largo cabello castaño.

—Odio este trabajo —dijo la señora Berger, y se volvió hacia el fregadero de nuevo.

—¿Qué haces? —preguntó Charlie mientras abría el refrigerador para tomar un frasco de jugo.

—Estoy pelando langostinos.

—¡Ugg! —exclamó Margaret.

—Gracias por tu apoyo —comentó con sequedad la señora Berger. Sonó el teléfono. Secándose las manos sucias con una toalla de papel, se apresuró a responder.

Margaret tomó un jugo del refrigerador y siguió a Charlie hacia el recibidor. La puerta del sótano, que por lo general permanecía fuertemente cerrada cuando el doctor Berger trabajaba allí, se encontraba entreabierta.

Charlie comenzó a cerrarla y luego se detuvo.

—Bajemos a ver qué hace papá —sugirió.

Margaret terminó su jugo y apretó la caja vacía entre sus manos.

—Está bien.

Sabía que quizás no debieran importunar a su padre, pero fue mayor su curiosidad. Llevaba más de cuatro semanas trabajando allí en el sótano. Había recibido toda clase de equipos interesantes, luces y plantas. Pasaba al menos ocho o nueve horas al día trabajando allí. Y no les había mostrado nada todavía.

—Sí. ¡Vamos! —dijo Margaret. Después de todo, era también su casa.

Por lo demás, tal vez su padre estaba esperando

que manifestaran algún interés. Quizás estaba herido de que no se hubiesen molestado en bajar durante todo este tiempo.

Abrió por completo la puerta y se dirigieron hacia la estrecha escalera.

—¡Oye, papá! . . . —llamó Charlie entusiasmado—. Papá, ¿podemos ver?

Se encontraban a medio camino cuando apareció su padre al pie de la escalera. Los contempló enojado; su piel lucía extrañamente verde bajo la luz fluorescente. Sostenía con la otra su mano derecha, de la que caían gotas de sangre sobre su bata blanca de laboratorio.

—*¡Aléjense del sótano!* —rugió, con una voz que jamás habían escuchado.

Ambos retrocedieron, sorprendidos, al escuchar los gritos de su padre. Por lo general era muy suave y moderado al hablar.

—*¡Aléjense del sótano!* —repitió, mientras sostenía la mano sangrante—. No bajen aquí *nunca*, ¡se los advierto!

2

—Bien, ya está todo listo —dijo la señora Berger, dejando caer sus maletas de un golpe en el recibidor. Se asomó al salón donde resonaba el televisor—. ¿Podrían dejar de mirar la película un momento para despedirse de su madre?

Charlie oprimió uno de los botones del control remoto y la imagen desapareció de la pantalla. Su hermana y él se dirigieron obedientes hacia el recibidor para abrazar a su madre.

Una de las amigas de Margaret, Diana, que vivía muy cerca, los siguió.

—¿Cuánto tiempo estará ausente, señora Berger? —le preguntó al ver las dos gruesas maletas.

—No lo sé —respondió nerviosa la señora Berger—. Mi hermana fue hospitalizada en Tucson esta mañana. Supongo que permaneceré con ella hasta que esté en condiciones de regresar a su casa.

—Bien, cuidaré de Charlie y de Margaret entretanto —bromeó Diana.

—Déjame en paz —dijo Margaret levantando los ojos al cielo—. Soy mayor que tú, Diana.

—Y yo soy más inteligente que ambas —añadió Charlie con su habitual modestia.

—No estoy preocupada por ustedes, chicos —dijo la señora Berger mirando nerviosa su reloj—. Estoy preocupada por papá.

—No te preocupes —le dijo Margaret muy seria—. Lo cuidaremos bien.

—Ocúpate de que coma de vez en cuando —dijo la señora Berger—. Está tan obsesionado con su trabajo que se olvida de comer a menos que se lo recuerdes.

"Estaremos muy solos sin mamá —pensó Margaret—. Papá casi nunca sale del sótano".

Habían pasado dos semanas desde que les había gritado que salieran del sótano. Desde entonces andaban en puntas de pies, temerosos de enojarlo de nuevo. Pero durante este tiempo, apenas les había dirigido la palabra, excepto para decir los consabidos "buenos días" o "buenas noches".

—No te preocupes por nada, mamá —dijo Margaret mientras se obligaba a sonreír—. Sólo cuida de la tía Leonor.

—Llamaré en cuanto llegue a Tucson —dijo la señora Berger, mirando con inquietud su reloj. Avanzó hasta la puerta del sótano y gritó:

—¡Miguel, es hora de llevarme al aeropuerto!

Después de un largo rato, el doctor Berger respondió. La señora Berger se volvió hacia los chicos:

—¿Creen que siquiera notará mi ausencia? —preguntó en voz baja. Lo dijo como una broma, pero sus ojos revelaban una gran tristeza.

Pocos momentos después escucharon pasos en la escalera del sótano y apareció su padre. Se quito la bata de laboratorio todavía manchada de sangre. Llevaba unos pantalones color marrón y una camisa amarilla. Colocó la bata sobre la baranda de la escalera. Aun cuando habían pasado ya dos semanas, la mano estaba cubierta todavía por un grueso vendaje.

—¿Estás lista? —preguntó a su esposa.

La señora Berger suspiró.

—Supongo que sí. —Lanzó una mirada impotente a Charlie y a Margaret y avanzó para darles un último abrazo antes de partir.

—Vamos, pues —dijo el doctor Berger impaciente. Tomó las dos maletas y gruñó—: ¡Uf! ¿Cuánto tiempo piensas permanecer allá? ¿Un año? —Se dirigió con ellas hacia la puerta sin esperar una respuesta.

—Adiós, señora Berger —dijo Diana agitando la mano—. Que tenga un buen viaje.

—¿Cómo puede tener un buen viaje? —preguntó Charlie con sorna—. Su hermana está en el hospital.

—Sabes lo que quiero decir —replicó Diana, apartando sus largos cabellos cobrizos.

Miraron mientras el auto salía de la casa y regresaron al salón. Charlie tomó de nuevo el control remoto para continuar con la película.

Diana se tendió en el sofá y tomó de nuevo la bolsa de papas fritas que había dejado.

—¿Quién eligió esta película? —preguntó mientras hacía ruido con la bolsa.

—Yo —dijo Charlie—. Es buenísima. —Había tomado uno de los cojines del sofá y lo había puesto sobre la alfombra en el piso desde donde miraba televisión acostado.

Margaret estaba sentada con las piernas cruzadas en el suelo, con la espalda contra una de las sillas. Aún pensaba en su madre y en la tía Leonor.

—Buenísima, si te agrada ver la gente volando en pedazos con las tripas por todas partes —dijo haciendo una mueca a Diana.

—Sí, ¡es buenísima! —insistió Charlie sin desprender los ojos de la pantalla.

—Tengo muchos deberes. No sé qué hago aquí —dijo Diana mientras comía papas fritas.

—Yo también —suspiró Margaret—. Supongo que los haré después de la cena. ¿Ya terminaste el de matemáticas? Creo que olvidé mi libro en la escuela.

—¡Shhh! —susurró Charlie, mientras lanzaba una patada en dirección a Margaret—. Ésta es la mejor parte.

—¿Ya has visto esta película? —chilló Diana.

—Dos veces —admitió Charlie. Se agachó para esquivar el cojín que le lanzó Diana.

—Hace una tarde muy bella —dijo Margaret estirando los brazos—. Quizás debiéramos salir a pasear en bicicleta o algo así.

—¿Crees que todavía vives en Michigan? Aquí *siempre* hace buen tiempo —dijo Diana—. Ya estoy tan acostumbrada que no lo noto.

—Podríamos hacer los deberes juntas —sugirió Margaret con entusiasmo. Diana era mucho mejor que ella para las matemáticas.

Diana se encogió de hombros.

—Sí, tal vez. —Arrugó la bolsa y la colocó en el suelo—. Tu papá parecía un poco nervioso, ¿sabes?

—¿Qué quieres decir?

—Sólo que estaba nervioso —respondió Diana—. ¿Cómo se encuentra?

—¡Shhh! —insistió Charlie, tomando la bolsa vacía y lanzándosela a Diana.

—Tú sabes. El que lo hayan despedido y todo esto.

—Supongo que está bien —dijo Margaret distraída—. En realidad no lo sé. Pasa mucho tiempo en el sótano con sus experimentos.

—¿Experimentos? Oye, vamos a mirar. —Diana echó hacia atrás sus cabellos y saltó del sofá de cuero blanco.

Diana era fanática de las ciencias. Matemáticas y ciencias. Las dos asignaturas que Margaret detestaba.

"Era *ella* quien hubiera debido pertenecer a la familia Berger", pensó Margaret con una pizca de amargura. Quizás su padre, al ver que se interesaba por las mismas cosas, le prestaría alguna atención.

—¡Vamos. . . ! —insistió Diana, inclinándose para jalar a Margaret—. Es un botánico, ¿verdad? ¿Qué hace allá abajo?

—Es un poco complicado —dijo Margaret gritando para que pudiera escucharla a pesar del ruido de las explosiones y las ametralladoras que salía del televisor—. Una vez trató de explicármelo, pero . . . —Margaret se puso de pie con la ayuda de su amiga.

—¡Cállense! —exclamó Charlie que contemplaba fijamente la película; se encontraba tan cerca que los colores de la pantalla se reflejaban en su ropa.

—¿Está construyendo un monstruo como Frankenstein o algo así? —preguntó Diana—. ¿O una especie de Policía-Robot? ¡Esto sería fantástico!

—¡Cállense! —repitió Charlie exasperado mientras Arnold Schwarzenegger saltaba de lado a lado de la pantalla.

—Tiene muchísimas máquinas y plantas en el sótano —dijo Margaret incómoda—. Pero no desea que bajemos allí.

—¿Eh? ¿Es un secreto lo que hace? —Los ojos verde esmeralda de Diana se iluminaron de entusiasmo—. ¡Vamos! Sólo nos asomaremos un momento.

—No, es mejor que no lo hagamos —dijo Margaret. No podía olvidar la mirada enojada de su padre dos semanas antes cuando ella y Charlie habían decidido visitarlo. Ni la forma como había gritado que se alejaran para siempre del sótano.

—Vamos. Te reto —desafió Diana—. ¿Eres cobarde?

—No tengo miedo —protestó Margaret. Diana siempre la retaba a hacer cosas que no deseaba hacer. ¿Por qué creía Diana que era tan importante demostrar que era más valiente que cualquiera? —se preguntaba.

—¡Gallina! —exclamó Diana. Sacudiendo su roja melena, se dirigió con rapidez hacia la puerta del sótano.

—Diana . . . ¡Para! —exclamó Margaret, corriendo tras ella.

—Oye, ¡espera! —gritó Charlie mientras apagaba el televisor—. ¿Vamos a bajar? ¡Espérenme! —Se levantó de un salto y se apresuró a alcanzarlas en la puerta del sótano.

—No podemos . . . —comenzó Margaret, pero Diana le tapó la boca con la mano.

—Sólo echaremos un vistazo —insistió Diana—. No tocaremos nada. Y regresaremos enseguida.

—Está bien. Yo iré adelante —dijo Charlie agarrando el picaporte.

—¿Por qué quieres hacer esto? —preguntó Margaret a su amiga—. ¿Por qué te interesa tanto bajar allí?

Diana se encogió de hombros.

—Es mucho mejor que hacer la tarea de matemáticas —replicó sonriendo.

Margaret suspiró, derrotada.

—Está bien, vamos. Pero recuerda, sólo miraremos, no tocaremos nada.

Charlie abrió la puerta y se encaminó hacia la escalera. Al pisar el primer peldaño se vieron envueltos en una atmósfera caliente y húmeda. Podían escuchar el zumbido de las máquinas electrónicas. A la derecha, contemplaron el brillo de las luces blancas que salía del estudio del doctor Berger.

"Es divertido", pensó Margaret mientras bajaban por la escalera cubierta de linóleo.

"Es una aventura".

"No hay nada de malo en mirar".

¿Por qué latía entonces su corazón de esta manera? ¿Por qué experimentaba una súbita punzada de temor?

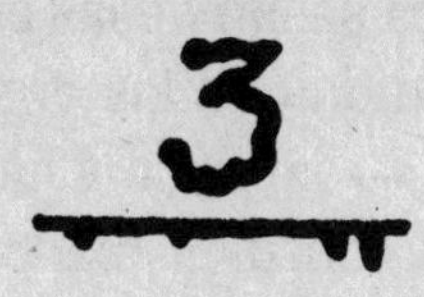

—¡Uff! Hace mucho calor aquí adentro.

Mientras se alejaban de la escalera el aire se tornaba insoportable, caliente y denso.

Margaret jadeó. El brusco cambio de temperatura era sofocante.

—Está tan húmedo —dijo Diana—. Es una maravilla para el cabello y la piel.

—Estudiamos acerca de las selvas tropicales en la escuela —dijo Charlie—. Quizás papá esté construyendo una.

—Tal vez —comentó Margaret poco convencida.

¿Por qué se sentía tan extraña? ¿Era sólo por haber invadido el dominio de su padre? ¿Por hacer algo que les había prohibido?

Se detuvo y miró en ambas direcciones. El sótano estaba dividido en dos amplias habitaciones rectangulares. Hacia la izquierda, el espacio destinado a los juegos, que nunca había sido terminado, permanecía en la penumbra. Apenas podía distinguir los contornos de la mesa de ping-pong en el centro de la habitación.

El estudio que se encontraba a la derecha estaba muy bien iluminado; emitía una luz tan brillante que debieron aguardar a que sus ojos se adaptaran a ella. Rayos de luz blanca salían de las enormes lámparas halógenas suspendidas de las vigas del techo.

—¡Oh! ¡Miren! —exclamó Charlie sorprendido mientras avanzaba entusiasmado hacia la luz.

Había docenas de plantas que se levantaban hacia la luz, altas y brillantes, de gruesos tallos y anchas hojas, sembradas lado a lado en una enorme maceta llena de tierra.

—¡Es como una selva! —exclamó Margaret, siguiendo a su hermano hacia el estudio.

En efecto, las plantas se asemejaban a las de la selva: enredaderas llenas de hojas, arbustos con largos y delgados zarcillos, débiles helechos, plantas de raíces retorcidas color crema que asomaban como huesudas rodillas de la tierra.

—Es como un pantano o algo así —observó Diana—. ¿En verdad cultivó tu padre estas plantas en sólo cinco a seis semanas?

—Sí, estoy segura de ello —replicó Margaret, contemplando los enormes tomates suspendidos de un delgado tallo amarillo.

—¡Oh! Toca ésta —dijo Diana.

Margaret miró a su amiga y advirtió que frotaba su mano sobre una hoja ancha y plana en forma de lágrima.

—Diana . . . no debemos tocar nada . . .

—Lo sé, lo sé —respondió sin soltar la hoja—. Pero sólo frota tu mano y verás.

Margaret obedeció a regañadientes.

—No se siente como una hoja —dijo mientras Diana examinaba un enorme helecho—. Es tan lisa como si fuese de vidrio.

Los tres permanecieron bajo las brillantes luces blancas examinando las plantas durante algunos minutos; tocaban los gruesos tallos, recorrían con los dedos las suaves y cálidas hojas, sorprendidos por el gigantesco tamaño de las frutas que colgaban de algunos de los árboles.

—Hace demasiado calor —se quejó Charlie. Se quitó su camiseta y la dejó caer en el piso.

—¡Qué fuerte! —bromeó Diana.

Charlie le sacó la lengua. Luego sus pálidos ojos grises se abrieron desmesuradamente y pareció helarse por la sorpresa—: ¡Oigan!

—Charlie, ¿qué sucede? —preguntó Margaret corriendo a su lado.

—¡Está . . . ! —señalaba a un arbusto alto—. ¡Está *respirando!*

Diana rió.

Pero Margaret también lo oyó. Asió el hombro desnudo, de Charlie y escuchó. Sí. Podía oír el sonido de la respiración y parecía provenir del arbusto alto cubierto de hojas.

—¿Qué les ocurre? —preguntó Diana al observar la atónita expresión de sus amigos.

—Charlie está en lo cierto —dijo Margaret en voz baja, escuchando aquel sonido estable y rítmico—. Puedes oírlo respirar.

Diana levantó los ojos al cielo.

—Quizás tenga un resfriado. Quizás se le hayan tapado sus lianas. —Rió de su propia broma, pero sus compañeros no se unieron a su risa—. No lo escucho. —Se aproximó un poco más.

Todos escucharon.

Silencio.

—Paró —dijo Margaret.

—Paren ustedes —los riñó Diana—. No van a atemorizarme.

—No. Es verdad —protestó Margaret.

—Oye . . . ¡mira esto! —Charlie avanzaba ya hacia otra cosa. Estaba de pie frente a una vitrina de vidrio colocada al otro lado de las plantas. Se asemejaba a una cabina telefónica; tenía en su interior una repisa y decenas de cables conectados en la parte de atrás y en los lados.

Los ojos de Margaret siguieron la dirección de los cables hasta otra vitrina similar colocada a pocos pasos de allí. En medio de ambas había una especie de generador eléctrico que parecía estar conectado a ellas.

—¿Qué puede ser esto? —preguntó Diana, aproximándose a Charlie.

—No lo toques —advirtió Margaret, mientras lanzaba una última mirada a la planta que respiraba, y se unía a ellos.

Pero Charlie ya había descubierto la puerta de vidrio de la cabina.

—Sólo quiero saber si es posible abrirla —dijo.

Tocó el vidrio . . . y sus ojos se dilataron con el impacto.

Todo su cuerpo comenzó a temblar y a vibrar. Su cabeza saltaba salvajemente de un lado a otro. Sus ojos giraban.

—¡Ayúdenme! —consiguió decir, mientras su cuerpo se agitaba cada vez con mayor fuerza y rapidez—. ¡Ayúdenme! ¡No puedo detenerme!

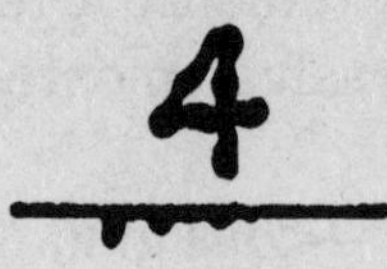

—¡Ayúdenme!

Todo el cuerpo de Charlie se agitaba como si estuviese sacudido por una descarga eléctrica. Su cabeza se movía de un lado a otro, tenía los ojos dilatados y locos.

—¡Por favor!

Margaret y Diana lo contemplaban horrorizadas. La primera en reaccionar fue Margaret. Se abalanzó sobre su hermano para tratar de apartarlo del vidrio.

—Margaret, ¡no! —gritó Diana—. ¡No lo toques!

—Pero tenemos que hacer algo —exclamó Margaret. Les tomó algunos momentos advertir que Charlie había dejado de temblar. Y que se reía.

—¿Charlie? —preguntó Margaret contemplándolo fijamente. Su aterrorizada expresión se había convertido en asombro.

Estaba reclinado contra el vidrio. Su cuerpo estaba inmóvil y su boca cubierta por una ancha y malévola sonrisa.

—¡Las engañé! —afirmó. Y se echó a reír con más fuerza. Las señalaba con el dedo y repetía en medio de su risa triunfal—: ¡Las engañé, las engañé!

—¡Tan chistoso! —chilló Margaret.

—¿Estabas fingiendo? ¡No puedo creerlo! —gritó Diana, tan pálida como las luces blancas que relucían sobre ellos. Sus labios temblaban.

Ambas chicas se abalanzaron sobre Charlie y lo tiraron al suelo. Margaret estaba sentada sobre él mientras Diana sostenía sus hombros contra el piso.

—¡Las engañé, las engañé! —proseguía; sólo dejaba de gritar cuando Margaret le hacía tantas cosquillas que no podía hablar.

—¡Qué rata eres! —gritaba Diana—. ¡Eres una rata!

La trifulca general se detuvo súbitamente cuando escucharon un débil gemido al otro lado de la habitación. Los tres chicos levantaron la cabeza y dirigieron la mirada hacia el lugar de donde provenía el sonido.

Todo el sótano estaba en silencio, con excepción de los latidos de sus corazones.

—¿Qué fue eso? —susurró Diana.

Otro gemido, un sonido lastimoso, silenciado, como el aire que pasa a través de un saxofón.

Las lianas de uno de los arbustos cayeron de repente, como serpientes que bajaran al suelo.

Otro gemido triste y apagado.

—Son . . . ¡las plantas! —exclamó Charlie. Ahora lucía atemorizado. Se deshizo de su hermana de un empujón y se puso de pie, poniendo en orden sus cabellos mientras se levantaba.

—Las plantas no lloran ni gimen —dijo Diana, fijando los ojos en la enorme maceta que llenaba la habitación.

—Éstas sí —respondió Margaret.

Las lianas se agitaban, como brazos humanos cambiando de posición. Podían escuchar de nuevo la respiración, una respiración lenta y rítmica. Luego un suspiro, como aire que se escapa.

—Salgamos de aquí —propuso Charlie dirigiéndose hacia la escalera.

—Definitivamente, es aterrador —dijo Diana mientras lo seguía. No obstante, mantenía la mirada fija en las plantas que se movían y gemían.

—De seguro papá podrá explicarlo —dijo Margaret. Sus palabras eran tranquilizadoras, pero le temblaba la voz e intentaba salir de la habitación con rapidez detrás de Diana y Charlie.

—Tu padre es muy extraño —observó Diana avanzando hacia la puerta.

—No, no lo es —insistió Charlie—. Está realizando un trabajo muy importante.

Un arbusto alto suspiró y pareció inclinarse

hacia ellos, levantando sus lianas como si los llamara, como si les pidiera que regresaran.

—¡Salgamos ya de aquí! —exclamó Margaret. Todos estaban sin aliento cuando llegaron corriendo a la parte superior de la escalera. Charlie cerró la puerta con fuerza, asegurándose de haber corrido el pestillo.

—Extraño —repitió Diana, jugando nerviosamente con un mechón de sus largos cabellos cobrizos—. Definitivamente extraño. —Era la palabra del día. Pero Margaret debió admitir que resultaba apropiada.

—Pues bien, papá nos advirtió que no bajáramos al sótano —dijo Margaret tratando de recobrar el aliento—. Debía saber que nos atemorizaríamos y que no comprenderíamos lo que hace.

—Voy a salir de aquí —dijo Diana, medio en broma. Cuando salió por la puerta del jardín se volvió hacia ellos—. ¿Quieres que revisemos más tarde lo de matemáticas?

—Sí, seguro —respondió Margaret, aun cuando estaba pensando todavía en aquellas plantas gimientes que se movían. Algunas parecían dirigirse a ellos, llorando. Pero, desde luego, tal cosa era imposible.

—Más tarde —dijo Diana y partió corriendo por la acera.

En el momento en que ella desaparecía de la

vista, el auto azul oscuro del señor Berger doblaba la esquina hacia la casa.

—Regresó del aeropuerto —dijo Margaret. Se volvió hacia Charlie que se encontraba en el recibidor—. ¿Está cerrada la puerta del sótano?

—Sí —replicó, verificando de nuevo la cerradura—. Papá nunca podrá saber que nosotros . . .

Se detuvo. Abrió la boca, pero no emitió sonido alguno.

Su rostro se tornó pálido.

—¡Mi camiseta! —exclamó, golpeándose el pecho desnudo—. ¡La olvidé en el sótano!

5

—Debo recuperarla —dijo Charlie—. De lo contrario, papá sabrá . . .

—Es demasiado tarde —lo interrumpió Margaret, con los ojos fijos en la calle—. Ya entró en el garaje.

—Sólo tomará un segundo —insistió Charlie, con la mano sobre el picaporte del sótano—. Bajaré y subiré corriendo.

—¡No! —Margaret permanecía tensa en el centro del estrecho pasillo, entre la puerta de entrada y la puerta del sótano, mirando hacia la calle—. Ya estacionó y está saliendo del auto.

—¡Pero lo sabrá! ¡Lo sabrá! —exclamó Charlie; su voz era alta y estridente.

—¿Y?

—¿Recuerdas lo enojado que estaba la última vez? —preguntó Charlie.

—Claro que lo recuerdo —replicó Margaret—. Pero tampoco va a matarnos por haber echado un vistazo a sus plantas. Él . . .

Margaret se detuvo. Se aproximó a la puerta—. Oye, espera.

—¿Qué sucede? —preguntó Charlie.

—¡Apresúrate! —Margaret se volvió, agitando las manos—. ¡Anda! ¡Búscala . . . rápido! El señor Harker, el vecino. Está hablando con papá afuera.

Con un grito, Charlie abrió de un golpe la puerta del sótano y desapareció. Margaret escuchó cómo corría escaleras abajo. Luego se perdieron sus pisadas cuando entró al estudio de su padre.

"Apresúrate, Charlie", pensaba, mientras montaba guardia en la puerta de entrada. Observaba a su padre, quien se protegía los ojos del sol con la mano. Continuaba conversando con el señor Harker.

"¡Apresúrate!"

"Sabes que papá nunca habla durante mucho tiempo con los vecinos".

Al parecer, el señor Harker era el único que hablaba. "Probablemente le está pidiendo algún favor a papá", pensó Margaret. El señor Harker no era un hombre práctico como el doctor Berger. Siempre pedía al padre de Margaret que le ayudara a reparar o a instalar sus cosas.

Su padre asentía ahora, con una tensa sonrisa en los labios.

"¡Apresúrate, Charlie!"

"Sube ya. ¿Dónde estás?"

Sin dejar de protegerse los ojos, el doctor Berger se despidió de su vecino con un ademán. Luego ambos se volvieron y se dirigieron cada uno hacia su casa.

"Apresúrate, Charlie".

"Charlie . . . ¡ya llega! ¡Apresúrate!" Margaret rogaba en silencio.

"No toma tanto tiempo tomar una camiseta y correr escaleras arriba".

"No *debería* tomar tiempo".

Su padre se aproximaba a la casa. La vio en la entrada y la saludó con la mano.

Margaret también lo saludó y miró hacia la puerta del sótano.

—Charlie, ¿dónde estás? —llamó en voz alta.

No obtuvo respuesta.

No escuchaba sonido alguno en el sótano.

Nada en absoluto.

El doctor Berger se había detenido un momento para inspeccionar los rosales sembrados en el jardín.

—¿Charlie? —llamó de nuevo Margaret.

Nadie respondía.

—Charlie, ¡apresúrate!

Silencio.

Su padre se había inclinado para observar algo de la tierra donde crecían los rosales.

Con una sensación de terror en todo el cuerpo, Margaret advirtió que no tenía otra alternativa.

Era preciso que bajara a averiguar qué había detenido a su hermano.

6

Charlie bajó corriendo la escalera, apoyándose en la baranda para poder saltar dos peldaños a la vez. Aterrizó con fuerza en el piso de cemento del sótano y corrió hacia la luz blanca de la habitación donde se encontraban las plantas.

Se detuvo a la entrada y aguardó a que sus ojos se adaptaran a aquella luz, más brillante que el sol. Respiró profundamente, inhalando aquel aire húmedo, y contuvo la respiración. ¡Hacía tanto calor allí! Le comenzó a picar la espalda. Le ardía la nuca.

La selva de plantas parecía atenta a sus movimientos bajo la brillante luz blanca.

Vio su camiseta; descansaba arrugada en el piso a pocos pasos de un alto arbusto cubierto de hojas. El árbol parecía inclinarse hacia la camiseta, con sus largas lianas colgando hacia abajo, enroscadas en el suelo alrededor de su tronco.

Charlie avanzó tímidamente hacia la habitación.

—¿Por qué estoy tan atemorizado? —se preguntó.

Es sólo una habitación llena de plantas extrañas.

¿Por qué tengo la sensación de que me están observando? ¿De que me aguardan?

Se riñó por estar tan asustado y avanzó un poco más hacia el lugar donde se encontraba su camiseta.

Se detuvo.

La respiración.

Allí estaba otra vez.

Una respiración constante. No demasiado fuerte. Tampoco demasiado suave.

¿Quién podía estar respirando? *¿Qué* podía estar respirando?

¿Sería aquel enorme árbol?

Charlie contempló fijamente la camiseta en el suelo. Tan cerca. ¿Qué le impedía tomarla y correr escaleras arriba? ¿Qué lo detenía?

Dio un paso adelante. Luego otro.

¿Escuchaba respirar con más fuerza?

Saltó, asustado por un súbito gemido que salía de la enorme alacena donde se guardaban los implementos, colocada contra la pared.

Parecía tan humano, como si alguien se encontrara allí, gimiendo de dolor.

—Charlie, ¿dónde estás?

La voz de Margaret se escuchaba tan lejana,

aun cuando se encontraba sólo a pocos pasos de allí.

—Estoy bien, hasta ahora —llamó. Pero su voz era un susurro. Probablemente no podría escucharlo.

Dio un paso más. Otro.

La camiseta estaba a tres metros de él.

Podía abalanzarse corriendo sobre ella, y la tendría.

Escuchó otro gemido proveniente de la alacena. Una de las plantas parecía suspirar. Un alto helecho se inclinó de repente, moviendo sus hojas.

—¿Charlie? —Podía escuchar a su hermana llamando, muy preocupada—. Charlie, ¡apresúrate!

"Lo intento", pensó. Trato de darme prisa.

¿Qué lo detenía?

Otro gemido, esta vez desde el lado opuesto de la habitación.

Dio dos pasos más y luego se inclinó, con los brazos tendidos al frente.

La camiseta estaba casi a su alcance.

Escuchó el gemido y luego la respiración.

Levantó los ojos hacia el árbol. Las largas lianas se habían puesto tensas. Se habían endurecido. ¿O lo había imaginado?

No.

Antes colgaban suavemente. Ahora estaban tensas. Dispuestas.

¿Dispuestas a atraparlo?

—Charlie, ¡apresúrate! —llamaba Margaret, aún más lejos.

No respondió. Estaba concentrado en la camiseta. Sólo a unos pocos pasos de allí. Sólo unos pocos pasos. A un pie de allí.

La planta gimió de nuevo.

—¿Charlie? ¿Charlie?

Las hojas temblaron a todo lo largo del tronco.

Sólo un pie. Casi a su alcance.

—¿Charlie? ¿Te encuentras bien? *¡Responde!*

Tomó la camiseta.

Dos lianas serpentinas se abalanzaron sobre él.

—¡Oh! —gritó, paralizado de terror—. ¿Qué ocurre?

Las lianas se enroscaron en su cintura.

—¡Déjenme ir! —gritó, asiendo con fuerza la camiseta en una mano e intentando liberarse de las lianas con la otra.

Las lianas no cedían; cada vez se apretaban más en torno suyo.

—¿Margaret? —intentó llamar Charlie, pero no salía ningún sonido de su boca—. ¿Margaret?

Se agitó violentamente y jaló con fuerza.

Las lianas no cedían.

No lo apretaban. No estaban tratando de estrangularlo. Ni de hacerlo retroceder.

Pero no cedían.

Las sentía cálidas y húmedas contra su piel desnuda. Como los brazos de un animal. No como plantas.

—¡Ayúdenme! —intentó gritar. Jaló de nuevo, con todas sus fuerzas.

Era inútil.

Se inclinó, golpeó el piso, intentó girar para deshacerse de ellas.

Las lianas seguían en el mismo lugar.

La planta emitió un fuerte suspiro.

—¡Déjenme ir! —gritó Charlie, recobrando por fin su voz.

Luego, de pronto, vio a Margaret a su lado. No había escuchado cuando ella bajó las escaleras. No la había visto entrar a la habitación.

—¡Charlie! —exclamó—. ¿Qué . . . ?

Abrió la boca y sus ojos se dilataron.

—¡No me dejan ir! —dijo.

—¡No! —gritó Margaret. Asió una de las lianas con ambas manos y jaló con todas sus fuerzas.

La liana opuso resistencia sólo un momento y luego cedió.

Charlie lanzó un grito de júbilo y se deshizo con facilidad de la otra. Margaret dejó caer la liana, tomó de la mano a Charlie y echó a correr hacia las escaleras.

—¡Oh!

Ambos se detuvieron de un golpe al pie de la escalera.

En la parte superior se encontraba su padre, contemplándolos enojado, con los puños fuertemente cerrados y el rostro pálido de ira.

7

—Papá . . . ¡ las plantas! —exclamó Margaret.

Los contempló fijamente, con ojos fríos y airados, sin parpadear. Permanecía en silencio.

—¡Atraparon a Charlie! —dijo Margaret.

—Sólo bajé a recuperar mi camiseta —dijo Charlie con voz temblorosa.

Lo miraron con ansiedad, esperando que se moviera, que relajara sus puños, que dejara aquella dura expresión, que hablara. Pero sólo los contempló enojado durante largo rato.

Finalmente dijo—: ¿Están bien?

—Sí —respondieron a la vez, asintiendo.

Margaret advirtió que aún sostenía la mano de Charlie. La soltó y se asió de la baranda.

—Estoy muy decepcionado —afirmó el doctor Berger en voz baja, fría pero no enojada.

—Lo siento —se excusó Margaret—. Sabíamos que no debíamos . . .

—No tocamos nada. En verdad —exclamó Charlie.

—Muy decepcionado —repitió su padre.

—Lo siento, papá.

El doctor Berger los invitó a subir y luego pasó al recibidor.

—Pensé que nos iba a gritar —susurró Charlie a su hermana mientras la seguía escaleras arriba.

—No es su estilo —murmuró Margaret.

—Pues la última vez sí que nos gritó cuando bajamos al sótano —replicó Charlie.

Siguieron a su padre a la cocina. Les indicó que se sentaran a la mesa blanca de fórmica y luego se dejó caer en un asiento frente a ellos.

Sus ojos pasaban de uno a otro, como si los estudiara, como si los viera por primera vez. Su expresión era totalmente vacía, como la de un robot. No revelaba emoción alguna.

—Papá, ¿qué sucede con esas plantas? —preguntó Charlie.

—¿Qué quieres decir? —preguntó el doctor Berger.

—Son . . . tan extrañas —respondió Charlie.

—Algún día se los explicaré —dijo sin emoción, mientras continuaba observándolos con detenimiento.

—Parece muy interesante —dijo Margaret, tratando de buscar algo que le agradara.

"¿*Trataba* su padre de hacerlos sentir incómodos? —se preguntó—. Si así era, lo estaba logrando muy bien."

No era algo propio de él. En absoluto. Siempre

había sido una persona muy directa, pensó Margaret. Si estaba enojado, lo decía. Si estaba enfadado, decía que estaba enfadado.

¿Por qué actuaba de esta manera, tan silencioso, tan . . . frío?

—Les pedí que no bajaran al sótano —dijo en voz baja, cruzando las piernas y reclinándose de manera que el asiento se levantó hacia atrás—. Creo que fui muy claro.

Margaret y Charlie se miraron. Por último dijo Margaret—: No volverá a suceder.

—Pero, ¿por qué no nos llevas contigo y nos explicas lo que estás haciendo? —preguntó Charlie. Aún no se había puesto la camiseta. La sostenía como una bola entre sus manos, sobre la mesa de la cocina.

—Sí. Nos fascinaría comprenderlo —añadió Margaret con entusiasmo.

—Algún día —respondió su padre. Regresó el asiento a su posición inicial y se puso de pie—. Pronto lo haremos, ¿está bien? —Levantó los brazos sobre su cabeza y se estiró—. Debo regresar a mi trabajo. —Y desapareció en el pasillo.

Charlie miró a Margaret y se encogió de hombros. Su padre apareció de nuevo con la bata de laboratorio que había colocado sobre la baranda.

—¿Mamá salió bien? —preguntó Margaret.

Asintió—: Supongo que sí. —Se colocó su bata.

—Espero que la tía Leonor se encuentre bien —agregó Margaret.

El doctor Berger susurró algo mientras se ponía la bata y se ajustaba el cuello—. Más tarde —dijo, y se dirigió al pasillo. Escucharon cuando cerraba la puerta del sótano.

—Espero que no nos impida salir o algo así por haber desobedecido —dijo Margaret, reclinándose sobre la mesa con la quijada entre las manos.

—Ojalá —dijo Charlie—. Se comporta de una manera tan extraña . . .

—Quizás está enojado porque mamá se fue —dijo Margaret. Se irguió y dio un empujón a Charlie—. ¡Vamos, levántate! Tengo que hacer mis deberes.

—No puedo creer que esa planta me haya sujetado —dijo Charlie pensativo, sin moverse.

—Y no es necesario que me empujes —exclamó, pero se puso de pie para dejar pasar a su hermana—. Tendré pesadillas esta noche —dijo malhumorado.

—No pienses en el sótano —aconsejó Margaret. "No es el mejor consejo", pensó para sí. Pero, ¿qué más podía decir?

Subió a su habitación. Ya echaba de menos a su madre. Luego la escena del sótano, cuando vio a Charlie intentando liberarse de aquellas enormes y enroscadas lianas, apareció de nuevo en su mente.

Con un temblor, tomó su libro de matemáticas y se tendió en la cama, preparándose para estudiar.

Pero las palabras se borraban mientras recordaba una y otra vez aquellas plantas que gemían y respiraban.

"Al menos no nos castigó por bajar allí", pensó. "Al menos papá no nos gritó y nos atemorizó esta vez".

"Y al menos prometió que bajaría con nosotros y nos explicaría en qué consiste el trabajo que realiza allí".

Aquella idea la hizo sentir mucho mejor.

Se sintió mejor hasta la mañana siguiente, cuando se despertó temprano y bajó a preparar el desayuno. Para su sorpresa, su padre ya estaba trabajando. La puerta del sótano estaba fuertemente cerrada. Su padre había instalado un candado.

El domingo en la tarde, Margaret se encontraba en su habitación, sobre su cama, hablando con su madre por teléfono.

—Siento mucho lo de la tía Leonor —dijo mientras enroscaba la cuerda del teléfono en su brazo.

—La operación no resultó tan bien como se esperaba —dijo su madre. Su voz sonaba fatigada—. El médico dice que es preciso hacer otra operación. Pero es necesario que recobre un poco sus fuerzas primero.

—Eso significa que no regresarás pronto —dijo Margaret.

La señora Berger se echó a reír.

—¡No me digas que me echan de menos!

—Pues . . . ¡sí! —admitió Margaret. Levantó los ojos hacia la ventana. Dos gorriones habían volado al alféizar de la ventana y gorjeaban animadamente, distrayendo a Margaret, que no escuchaba bien a su mamá desde Tucson.

—¿Cómo está tu papá? —preguntó la señora Berger—. Hablé con él anoche, pero sólo me respondió con gruñidos.

—¡A nosotros ni siquiera nos gruñe! —se quejó Margaret. Se tapó un oído con la mano para no escuchar los pájaros—. Apenas si nos habla.

—Está trabajando mucho —replicó la señora Berger. Margaret escuchaba una especie de altoparlante en el trasfondo. Su madre llamaba desde el hospital.

—Nunca sale del sótano —prosiguió Margaret, con mayor amargura de la que deseaba.

—Los experimentos de tu padre son muy importantes para él —dijo su madre.

—¿Más importantes que *nosotros*? —exclamó Margaret. Odiaba aquel tono quejumbroso de su voz. No había querido quejarse de su padre. Su mamá tenía suficientes preocupaciones en el hospital. Margaret sabía que no debería hacerla sentir peor.

—Tu padre tiene que demostrar muchas cosas —dijo la señora Berger—. A sí mismo y a los demás. Creo que trabaja de esta manera porque desea demostrarle al señor Martínez y a sus colegas de la universidad que se equivocaron al despedirlo. Que cometieron un gran error.

—Pero cuando no trabajaba en casa solíamos verlo más a menudo —se lamentó Margaret.

Pudo escuchar cómo su madre suspiraba impaciente al otro lado de la línea.

—Margaret, estoy tratando de explicarte. Ya tienes edad de comprender.

—Lo siento —dijo Margaret rápidamente. Decidió cambiar de tema—. Ahora lleva siempre una gorra de béisbol.

—¿Quién? ¿Charlie?

—No, mamá —respondió Margaret—. Papá. Lleva una gorra de béisbol y jamás se la quita.

—¿De verdad? —La señora Berger parecía muy sorprendida.

Margaret se rió.

—Le hemos dicho que se ve terrible, pero nunca la deja.

La señora Berger se rió a su vez.

—¡Oh, me llaman! —dijo—. Debo darme prisa. Cuídate mucho. Trataré de llamar más tarde.

Clic.

Margaret contempló el techo, observando cómo se movían las sombras de los árboles del jardín. Los gorriones habían volado, dejando un gran silencio detrás de ellos.

"Pobre mamá —pensó Margaret—. Está tan preocupada por su hermana, y yo quejándome de papá".

Se sentó en la cama, escuchando el silencio. Charlie estaba en casa de un amigo. Sin duda su padre estaba trabajando en el sótano, con la puerta firmemente cerrada.

"Voy a llamar a Diana", pensó Margaret. Iba a tomar el teléfono, pero advirtió que tenía hambre. "Primero almorzaré —decidió—. Luego llamaré a Diana".

Se cepilló rápidamente el cabello, mirándose en el espejo que había sobre el tocador. Luego se precipitó escaleras abajo.

Para su sorpresa, su padre estaba en la cocina. Estaba inclinado sobre el fregadero, de espaldas a ella.

Comenzó a llamarlo, pero se detuvo. "¿Qué hace?"

Devorada por la curiosidad, se reclinó contra la pared, observándolo a través de la entrada de la cocina.

El doctor Berger parecía comer algo. Con una mano sostenía una bolsa apoyada contra la mesa, al lado del fregadero. Mientras Margaret lo contemplaba sorprendida, introdujo la mano en la bolsa, sacó algo y se lo llevó a la boca.

Margaret vio cómo masticaba con apetito, ruidosamente; cogió otro puñado y lo comió con avidez.

—¿Qué comerá? —se preguntó. Nunca cena con Charlie y conmigo. Siempre dice que no tiene apetito. ¡Pero ahora ciertamente lo tiene! ¡Come como si estuviese muriéndose de hambre!

Permaneció en el pasillo mirando cómo el doctor Berger comía un puñado tras otro de aquello que contenía la bolsa, masticando su comida en soledad. Después de un rato, arrugó la bolsa y la lanzó al cubo de la basura, bajo el fregadero. Luego se limpió las manos en su bata de laboratorio.

Margaret retrocedió de prisa, atravesó el pasillo en puntas de pie y se ocultó en el salón. Contuvo la respiración cuando su padre entró al recibidor, aclarándose ruidosamente la garganta.

La puerta del sótano se cerró tras él. Escuchó cómo pasaba cuidadosamente el cerrojo.

Cuando estuvo segura de que había bajado, Margaret se dirigió ansiosa a la cocina. Tenía que saber qué había comido su padre con tal avidez.

Abrió la puerta del gabinete, buscó en el cubo de la basura y sacó la bolsa arrugada.

Perdió el aliento cuando sus ojos recorrieron el rótulo.

Su padre había estado devorando *alimento para plantas*.

Margaret tragó saliva. Sentía la boca seca como un algodón. Advirtió de pronto que asía el borde la mesa con tanta fuerza que le dolía la mano.

Se obligó a soltarlo. Contempló los restos de alimento para plantas que había dejado caer al suelo.

Se sintió enferma. No podía apartar aquella repulsiva imagen de su mente. ¿Cómo podía su padre comer *barro*?

Y no sólo lo comía, observó. Lo echaba en su boca y lo devoraba.

Como si le *agradara*.

Como si lo *necesitara*.

Comer alimento para plantas debía ser parte de sus experimentos, se dijo a sí misma. Pero, ¿qué clase de experimentos? ¿Qué trataba de demostrar con aquellas extrañas plantas que cultivaba?

El contenido de la bolsa olía a ácido, como fertilizante. Margaret respiró profundamente y la sostuvo en la mano. De repente se sintió mareada. Al contemplar la bolsa, no pudo dejar de imaginar el horrible sabor de aquel repulsivo barro.

¡Ohhh!

Sentía náuseas.

¿Cómo podía su padre tragar aquella horrible cosa?

Conteniendo el aliento agarró la bolsa casi vacía y la lanzó de nuevo al cubo de la basura. Se disponía a volverse cuando una mano la asió por el hombro.

Emitió un grito silencioso y se volvió—: ¡Charlie!

—Ya estoy en casa —dijo sonriendo—. ¿Qué hay de almuerzo?

Más tarde, luego de preparar un *sandwich*, relató a su hermano lo que había visto.

Charlie se echó a reír.

—No es gracioso —dijo enfadada—. Nuestro propio padre come tierra.

Charlie se rió de nuevo. Por alguna razón le parecía gracioso.

Margaret lo golpeó en el hombro con tanta fuerza que soltó el *sandwich*.

—Lo siento —dijo—, pero no entiendo por qué te ríes. ¡Es horrible! Algo le ocurre a papá. Algo muy malo.

—Quizás sólo sintió un gran deseo de comer

alimento para plantas —bromeó Charlie, quien no la había tomado en serio—. Es lo mismo que te sucede a ti con esas nueces cubiertas de miel.

—Eso es muy diferente —replicó Margaret—. Comer tierra es asqueroso. ¿Por qué no lo admites?

Antes de que Charlie pudiera responder, Margaret prosiguió, expresando todo su malestar—. ¿No lo entiendes? Papá ha cambiado mucho. Incluso desde que mamá se fue. Cada vez pasa más tiempo en el sótano . . .

—Es porque mamá no está —la interrumpió Charlie.

—Y siempre está tan callado, tan frío con nosotros —continuó Margaret sin prestarle atención. Solía bromear todo el tiempo y preguntarnos por nuestros deberes. Ahora jamás pronuncia una sola palabra humana. Ya nunca me dice princesa o gordita, como acostumbraba a hacerlo. Nunca . . .

—Odias esos apodos, gordita —dijo Charlie riendo, mientras comía su *sandwich*.

—Lo sé —dijo Margaret impaciente—. Es sólo un ejemplo.

—¿Qué tratas de decirme? —preguntó Charlie—. ¿Qué papá está muy raro? ¿Qué se ha vuelto completamente loco?

—No, no lo sé —respondió Margaret, frustrada—. Al ver cómo devoraba aquella asquerosa comida para plantas, tuve un pensamiento horrible. ¡Pensé que se estaba convirtiendo en una planta!

Charlie se levantó de un salto, haciendo caer el asiento. Comenzó a caminar por la cocina como un zombie, con los ojos cerrados y los brazos extendidos al frente.

—¡Soy el Increíble Hombre Planta! —exclamó, tratando de que su voz sonara profunda y osada.

—No es gracioso —insistió Margaret, cruzando los brazos sobre el pecho. No le divertía.

—¡El Hombre Planta contra la Mujer Raíz! —declaró Charlie caminando hacia Margaret.

—¡No es gracioso! —repitió ella.

Charlie se golpeó la rodilla contra el mesón.

—¡Oh!

—Lo tienes merecido —dijo Margaret.

—¡El Hombre Planta ataca! —exclamó, y se abalanzó sobre ella, clavándole la cabeza en el hombro.

—¡Charlie, no más! —gritó—. ¡Déjame en paz!

—Está bien, está bien. —Retrocedió—. Si me haces un favor.

—¿Cuál? —preguntó Margaret, levantando los ojos al cielo.

—Prepárame otro *sandwich*.

El lunes en la tarde, después de la escuela, Margaret, Charlie y Diana jugaban con el *frisbee* en el jardín de Diana. Era un día cálido y con brisa. El cielo estaba lleno de nubes blancas y minúsculas.

Diana lanzó el disco al aire. Pasó sobre la cabeza de Charlie hacia la hilera de fragantes limoneros que se extendía al lado del garaje. Charlie salió corriendo tras él y tropezó con una regadera que apenas sobresalía del suelo.

Ambas chicas se echaron a reír.

Charlie, corriendo todavía, lanzó el *frisbee* a Margaret. Ella intentó atraparlo, pero la brisa se lo impidió.

—¿Cómo te sientes de tener un científico loco de padre? —preguntó Diana de pronto.

—¿Qué dijiste? —inquirió Margaret, pues no estaba segura de haber escuchado bien.

—No te quedes ahí quieta. ¡Lánzalo! —reclamó Charlie, quien se encontraba al lado del garaje.

Margaret lanzó el *frisbee* al aire en dirección al sitio donde se hallaba su hermano. A él le agradaba correr y abalanzarse sobre el disco.

—El hecho de que trabaje en extraños experimentos no significa que sea un científico loco —respondió Margaret enojada.

—Extraños, es la palabra —dijo Diana, y su expresión se tornó seria—. Tuve pesadillas anoche con aquellas horribles plantas de tu sótano. Lloraban y trataban de atraparme.

—Lo siento —dijo Margaret sinceramente—. Yo también tuve pesadillas.

—¡Allá va! —exclamó Charlie. Lanzó el disco bajo y Diana logró agarrarlo cerca de sus tobillos.

"Científico loco —pensaba Margaret—. Científico loco. Científico loco".

Las palabras se repetían sin cesar en su mente. Los científicos locos sólo aparecían en el cine, ¿verdad?

—Mi padre estaba hablando del tuyo el otro día —comentó Diana mientras lanzaba el disco a Charlie.

—No le habrás hablado acerca de lo que viste en el sótano, ¿verdad? —preguntó Margaret angustiada.

—No —replicó Diana, sacudiendo negativamente la cabeza.

—Oye, ¿están maduros esos limones? —preguntó Charlie señalando uno de los arbustos.

—¿Por qué no pruebas uno para saberlo? —respondió rápidamente Margaret, enojada por las continuas interrupciones de su hermano.

—¿Por qué no lo pruebas tú? —replicó de inmediato Charlie.

—Mi papá dijo que a tu papá lo habían despedido del Politécnico porque sus experimentos eran demasiado raros y él no estaba dispuesto a dejarlos —le confió Diana. Corrió sobre el liso césped en busca del *frisbee.*

—¿Qué quieres decir? —preguntó Margaret.

—La universidad le pidió que interrumpiera aquello que estaba haciendo y él se negó. Dijo que no podía abandonar sus experimentos. Al menos eso fue lo que escuchó decir mi padre a alguien que entró a su tienda.

Margaret no había escuchado esa historia. La hizo sentirse mal, pero pensó que probablemente era cierta.

—Algo terrible ocurrió en el laboratorio de tu padre —prosiguió Diana—. Alguien resultó gravemente herido, o muerto, o algo así.

—Eso no es verdad —insistió Margaret—. Nos habríamos enterado si algo hubiera ocurrido.

—Sí, es probable —admitió Diana—. Pero mi padre dice que despidieron a tu padre porque se negó a suspender los experimentos.

—Bien, pero eso no significa que sea un científico loco —se defendió Margaret. De pronto sintió que debía reivindicar a su padre. No estaba segura por qué.

—Sólo te digo lo que he escuchado —dijo Diana con brusquedad, apartando sus rojos cabellos—. No tienes que enfadarte conmigo.

Jugaron un rato más. Diana cambió de tema y habló acerca de unos chicos que conocían; apenas tenían once años y ya eran novios. Luego conversaron sobre la escuela.

—Es hora de partir —gritó Margaret a su hermano. Éste tomó el *frisbee* del césped y se aproximó corriendo—. Te llamo más tarde —dijo Margaret a Diana y agitó la mano para despedirse.

Luego ella y Charlie se echaron a correr hacia su casa por los atajos que conocían.

—Necesitamos un limonero —dijo Charlie, caminando más despacio—. ¡Son increíbles!

—¡Oh, sí! —replicó Margaret con sorna—. Es justo lo que necesitamos en casa. ¡Otra planta!

Mientras pasaban bajo el seto que conducía al jardín de su casa, se sorprendieron al ver a su padre. Estaba de pie ante el rosal, examinando los racimos de rosas blancas.

—¡Oye, papá! —exclamó Charlie—. ¡Atrápalo! —Lanzó el *frisbee* a su padre.

El doctor Berger se volvió un poco tarde. El *frisbee* rozó su cabeza e hizo caer la gorra de béisbol que llevaba. Abrió la boca en un gesto de sorpresa y se llevó de inmediato las manos a la cabeza.

Pero era demasiado tarde.

Charlie y Margaret lanzaron un alarido cuando lo vieron.

Margaret pensó inicialmente que sus cabellos se habían tornado verdes.

Pero luego vio con claridad que no había un solo cabello en su cabeza.

Su cabello había desaparecido. Se le había caído todo.

En lugar de cabellos, brotaban brillantes hojas verdes en la cabeza del doctor Berger.

9

—Chicos . . . ¡todo está bien! —exclamó el doctor Berger. Se inclinó rápidamente, tomó la gorra y la colocó de nuevo sobre su cabeza.

Un cuervo voló bajo, graznando ruidosamente. Margaret levantó los ojos para seguir el vuelo del pájaro, pero la imagen de aquellas horribles hojas que brotaban de la cabeza de su padre no desaparecía.

Su propia cabeza le comenzó a doler cuando imaginó la sensación de sentir crecer ramas en el cráneo.

—Está bien, chicos —repitió el doctor Berger aproximándose a ellos.

—Pero papá . . . tu cabeza —tartamudeó Charlie, pálido.

Margaret sintió náuseas. Intentaba por todos los medios contenerse.

—Vengan aquí los dos —dijo su padre con suavidad, colocando sus brazos alrededor de los hombros de cada uno—. Sentémonos allí en la sombra y conversemos un poco. Hablé con su mamá esta mañana. Me dijo que están enfadados por mi trabajo.

—Tu cabeza . . . ¡está toda verde! —repitió Charlie.

—Lo sé —dijo sonriendo el doctor Berger.

Los condujo hacia la sombra de los altos setos que bordeaban el garaje y se sentaron sobre el césped.

—Supongo que piensan que su padre se ha vuelto muy extraño, ¿verdad?

Miró fijamente a los ojos de Margaret. Ella se sintió incómoda y desvió la mirada.

El cuervo pasó de nuevo graznando frenéticamente, volando en dirección contraria.

—Margaret, no has dicho una palabra —dijo su padre mientras le estrechaba la mano con ternura—. ¿Qué te sucede? ¿Qué quieres decirme?

Margaret suspiró y evitó de nuevo la mirada de su padre.

—Vamos, dinos. ¿Por qué brotan ramas de tu cabeza? —preguntó sin rodeos.

—Es un efecto secundario —respondió sin soltar su mano—. Es algo temporal. Pronto desaparecerá y recobraré mis cabellos.

—Pero, ¿cómo ocurrió? —preguntó Charlie, contemplando fijamente la gorra de su padre. Unas pocas hojas verdes asomaban bajo la visera.

—Quizás se sientan mejor si les explico lo que trato de hacer en el sótano —dijo el doctor Berger, cambiando el peso de su cuerpo y apoyándose sobre sus manos—. He estado tan concentrado en mis experimentos que no he tenido mucho tiempo para hablar con ustedes.

—No has tenido *ningún* tiempo —lo corrigió Margaret.

—Lo siento —dijo bajando los ojos—. En verdad lo siento. Pero este trabajo es tan estimulante y difícil.

—¿Descubriste una nueva especie de planta? —preguntó Charlie cruzando las piernas.

—No. Pero estoy tratando de *construir* un nuevo tipo de planta —explicó el doctor Berger.

—¿Cómo? —exclamó Charlie.

—¿Alguna vez les han explicado acerca del DNA en la escuela? —preguntó su padre. Negaron con la cabeza—. Pues bien, es un poco complicado —prosiguió el doctor Berger y reflexionó durante unos momentos—. Intentaré explicarlo de una manera muy sencilla —dijo jugando con el vendaje que tenía en la mano—. Supongamos que tenemos una persona con un cociente de inteligencia muy alto. Un poder mental enorme.

—Como yo —interrumpió Charlie.

—Calla, Charlie —pidió Margaret, nerviosa.

—Un genio. Como Charlie —dijo el doctor Berger sonriendo—. Y supongamos que conseguimos aislar la molécula, o gene, o pedacito de gene, que le permitió a esta persona ser tan inteligente. Y supongamos que podemos transmitirlo a otro cerebro. De esta manera, aquel poder mental podría ser transmitido de generación en generación. Y muchísima gente tendría un cociente intelectual muy alto. ¿Comprenden? —Miró primero a Charlie y luego a su hermana.

—Sí, más o menos —respondió Margaret—. Tomas una cualidad de una persona y la colocas en otras. Y así ellas también tendrán esta cualidad y la transmitirán a sus hijos, y así sucesivamente.

—Muy bien —dijo el doctor Berger, sonriendo por primera vez desde hacía varias semanas—. Es lo que muchos botánicos hacen con las plantas. Tratan de sacar el elemento que permite a una planta dar fruto y lo colocan en otra. Crear una nueva planta que pueda dar cinco veces más su fruto, granos o vegetales.

—¿Y es esto lo que estás haciendo? —preguntó Charlie.

—No exactamente —dijo su padre bajando la voz—. Estoy haciendo algo un poco menos habitual. En realidad no quiero entrar en detalles ahora. Pero les diré que lo que trato de hacer es construir una planta que nunca ha existido y nunca *podría* existir. Estoy tratando de construir una planta que sea en parte *animal*.

Charlie y Margaret lo contemplaron sorprendidos. Margaret habló primero:

—¿Quieres decir que estás tomando células de un animal y colocándolas en una planta?

Asintió.

—En realidad no quiero decirles más acerca de ello. Ustedes comprenden que esto debe permanecer en secreto. —Observó a Margaret y luego a Charlie para estudiar su reacción.

—¿Cómo lo haces? —preguntó Margaret, concentrándose en lo que les acababa de decir—. ¿Cómo pasas estas células de los animales a las plantas?

—Estoy tratando de hacerlo dividiéndolas electrónicamente —respondió—. Tengo dos cabinas de vidrio conectadas mediante un poderoso generador de electrones. Quizás las vieron cuando bajaron a espiar —hizo un gesto amargo.

—Sí. Parecen cabinas telefónicas —dijo Charlie.

—Una de las cabinas es un emisor, la otra un receptor —explicó—. Trato de enviar el DNA correcto, los bloques de construcción correctos, de una cabina a la otra. Es un trabajo muy delicado.

—Y, ¿lo has conseguido? —preguntó Margaret.

—He estado muy cerca de hacerlo —dijo el doctor Berger, con una sonrisa complacida. La sonrisa sólo duró unos segundos. Luego, pensativo, se puso de pie abruptamente—. Debo regresar a mi trabajo —dijo quedamente—. Los veré más tarde. —Se dirigió hacia la casa atravesando el césped a grandes zancadas.

—Pero papá —llamó Margaret. Ella y su hermano se pusieron también de pie—. Tu cabeza.

Las hojas. No nos lo explicaste —dijo mientras se apresuraban a alcanzarlo.

El doctor Berger se encogió de hombros.

—No hay nada que explicar —dijo secamente—. Es sólo un efecto secundario. —Se ajustó la gorra—. No se preocupen. Es algo temporal, un efecto secundario.

Se apresuró a entrar en la casa.

Charlie parecía muy complacido con la explicación que les había ofrecido su padre de lo que hacía en el sótano—. Papá está haciendo un trabajo realmente importante —dijo con una seriedad inhabitual.

Margaret, sin embargo, encontró que las palabras de su padre la habían perturbado. Y más aún lo que *no* les había dicho.

Cerró la puerta de su habitación y se reclinó en su cama, pensativa. Su padre no les había explicado realmente por qué brotaban aquellas hojas de su cabeza. "Sólo un efecto secundario", no explicaba mucho.

¿Un efecto secundario de qué? ¿Qué lo había causado? ¿Qué había producido la caída del cabello? ¿Cuándo crecería de nuevo?

Era evidente que no deseaba discutirlo con ellos. Se había apresurado a regresar al sótano después de decir que era sólo un efecto secundario.

Margaret sentía náuseas cada vez que pensaba en ello.

¿Cómo se sentiría? Brillantes hojas verdes brotando de los poros, desenroscándose sobre la cabeza.

¡Ugh! Sólo pensar en ello le producía picazón en todo el cuerpo.

Sabía que tendría pesadillas toda la noche.

Tomó su almohada y la abrazó contra su estómago, apretando los brazos a su alrededor.

Había muchas otras preguntas que Charlie y yo hubiéramos debido hacer, decidió. Por ejemplo, ¿por qué gemían aquellas plantas? ¿Por qué parecía que algunas respiraban? ¿Por qué atrapó aquel arbusto a Charlie? ¿Qué animal utilizaba su padre?

Muchísimas preguntas.

Para no mencionar aquélla que más le hubiera gustado hacer: ¿Por qué se había devorado aquella asquerosa comida para plantas?

Pero no podía hacer aquella pregunta. No podía hacerle saber que lo había estado espiando.

En realidad ni ella ni su hermano le habían preguntado lo que en verdad deseaban saber. Estaban contentos de que su padre hubiera decidido sentarse a hablar con ellos, aunque sólo fuese por algunos minutos.

Su explicación era muy interesante, pensó Margaret, al menos respecto a lo que decía. Y era bueno saber que estaba cerca de realizar algo verdaderamente asombroso, algo que lo haría famoso.

Pero, ¿qué había del resto?

Un pensamiento terrible le vino a la cabeza: ¿Podría haberles mentido?

"No —decidió rápidamente—. No. Papá no nos mentiría".

"Es sólo que no ha respondido todavía algunas de nuestras preguntas".

Aún pensaba en todas estas preguntas muy tarde en la noche, después de haber cenado y de hablar con Diana por teléfono durante una hora, después de hacer los deberes y mirar un poco de televisión, después de haberse ido a la cama. Y todavía continuaba perpleja.

Cuando escuchó los suaves pasos de su padre que subía la escalera alfombrada se sentó en la cama. Una brisa agradable movía las cortinas de la habitación. Escuchó los pasos de su padre que se dirigían al cuarto de baño y el agua corriendo en el lavamanos.

"Debo preguntarle", decidió.

Miró el reloj y vio que eran las dos y media de la mañana.

Pero advirtió que estaba completamente despierta.

"Debo preguntarle acerca del alimento para plantas".

"De lo contrario, me volveré loca. Pensaré en ello todo el tiempo. Cada vez que lo vea lo imaginaré de pie frente al fregadero, devorando puñadas de barro".

"Debe haber una explicación muy sencilla", se

dijo, y saltó de la cama. "Debe haber alguna explicación *lógica*".

"Y tengo que saberla".

Avanzó quedamente por el pasillo. Un rayo de luz se escapaba de la puerta del baño, ligeramente entreabierta. El agua continuaba corriendo en el lavamanos.

Escuchó que su padre tosía y ajustaba la llave del agua.

"Debo saber la respuesta —pensó—. Se lo preguntaré de una vez".

Avanzó hacia el delgado triángulo de luz y se asomó al interior del cuarto de baño.

Su padre estaba de pie frente al lavamanos, inclinado sobre él, con el pecho desnudo. La camisa estaba en el suelo. Había colocado la gorra en la repisa y las hojas que cubrían su cabeza brillaban bajo la luz del baño.

Margaret contuvo el aliento.

Las hojas eran tan verdes, tan gruesas.

Él no advirtió su presencia. Estaba concentrado en el vendaje que tenía en la mano. Utilizando unas tijeras pequeñas, cortó el vendaje y luego lo sacó.

La mano todavía sangraba, notó Margaret.

¿O no?

¿*Qué* era lo que goteaba de la cortada de la mano de su padre?

Mientras continuaba conteniendo la respiración, vio cómo la lavaba con cuidado bajo el agua caliente. Luego la examinó, con los ojos entornados por la concentración.

Después de lavarla, la cortada continuaba sangrando.

Margaret fijó la mirada, tratando de enfocar los ojos.

No podía ser sangre . . . ¿Verdad?

No podía ser sangre lo que goteaba en el lavamanos.

¡Era verde brillante!

Emitió un sonido entrecortado y corrió hacia su habitación. El suelo crujió bajo sus pasos.

—¿Quién está ahí? —gritó el doctor Berger—. ¿Margaret? ¿Charlie?

Se asomó al pasillo mientras Margaret desaparecía en su habitación.

"Me vio —pensó, saltando en su cama—. Me vio y ahora vendrá tras de mí".

Margaret se cubrió completamente con la colcha. Advirtió que estaba temblando; todo su cuerpo, helado, se estremecía.

Contuvo el aliento y escuchó.

Aún podía oír el agua que caía en el lavamanos.

Pero no escuchaba pisadas.

"No viene tras de mí", se dijo, emitiendo un prolongado suspiro de alivio.

"¿Cómo pude pensarlo? ¿Cómo pude haberme sentido tan aterrorizada . . . de mi propio padre?"

Era la primera vez que esta palabra venía a su mente.

Pero sentada allí en la cama, temblando violentamente, asida con fuerza de la colcha, escuchando los pasos que se aproximaban, Margaret advirtió que estaba aterrorizada.

De su propio padre.

"Si sólo mamá estuviera en casa", pensó.

Inconscientemente, buscó el teléfono.

Había tenido la idea de llamar a su madre, despertarla, decirle que regresara cuanto antes. Decirle que algo terrible le sucedía a su padre. Que estaba cambiando. Que actuaba de una forma tan extraña . . .

Miró el reloj. Dos y cuarenta y tres.

No. No podía hacer esto. Su pobre madre estaba pasando por un momento terrible en Tucson, cuidando de su hermana. Margaret no podía asustarla en esta forma.

Además, ¿qué podía decir? ¿Cómo explicar a su madre que su propio padre la aterrorizaba?

La señora Berger sólo le diría que se tranquilizara. Que su padre la amaba todavía. Que nunca le haría daño. Que sólo estaba muy involucrado en su trabajo.

Involucrado . . .

De su cabeza brotaban hojas, comía tierra y su sangre era verde.

Involucrado . . .

Escuchó que cerraban el agua del grifo. Escuchó que apagaban la luz del baño. Luego escuchó los pasos quedos de su padre que se dirigían a su habitación, al fondo del pasillo.

Margaret se relajó un poco, se hundió en la cama, soltó la colcha. Cerró los ojos e intentó aclarar sus pensamientos.

Trató de contar ovejas.

Esto nunca surtía efecto. Trató de contar hasta mil. Cuando llegó a 375 se incorporó. Le dolía la cabeza. Su boca estaba seca como un algodón.

Decidió bajar y tomar un poco de agua fría del refrigerador.

"Mañana me sentiré pésimo", pensó mientras avanzaba silenciosamente a través del pasillo y bajaba la escalera.

"Ya *es* mañana".

"¿Qué voy a hacer? Tengo que dormir un poco".

El piso de la cocina crujió bajo sus pies desnudos. El motor del refrigerador echó a andar ruidosamente y la asustó.

"Tranquilízate —se dijo—. Debes guardar la calma".

Había abierto el refrigerador y se disponía a tomar la jarra del agua cuando una mano asió su hombro.

—¡Ayyy! —gritó, dejando caer la jarra al suelo. El agua helada formó un pozo alrededor de sus pies. Retrocedió de un salto, pero sus pies estaban completamente mojados.

—¡Charlie . . . me asustaste! —exclamó—. ¿Qué haces despierto a esta hora?

—¿Qué haces *tú* despierta? —replicó, medio dormido, con sus cabellos rubios revueltos sobre la frente.

—No podía dormir. Ayúdame a secar el agua.

—Yo no la regué, —dijo retrocediendo—. Sécala tú.

—¡Tú me asustaste! —afirmó Margaret enojada. Tomó un rollo de toallas de papel del mostrador y entregó unas a su hermano—. ¡Vamos, date prisa!

Ambos se arrodillaron y, bajo la luz del refrigerador, comenzaron a secar el agua helada.

—Sigo pensando en todo esto —dijo Charlie, lanzando el papel mojado sobre el mostrador—. Por eso no puedo dormir.

—Yo también —dijo su hermana frunciendo el ceño.

Se disponía a decir algo más, pero un sonido proveniente del recibidor la detuvo. Era un quejido lastimoso, un gemido lleno de tristeza.

Margaret se sobresaltó y dejó de secar el agua.

—¿Qué fue eso?

Los ojos de Charlie se llenaron de terror.

Lo escucharon de nuevo; era un sonido tan triste, como un ruego, un ruego lastimero.

—Viene . . . viene del sótano —afirmó Margaret.

—¿Crees que es una planta? —preguntó Charlie muy quedo—. ¿Crees que es una de las plantas de papá?

Margaret no respondió. Se sentó en el suelo inmóvil, escuchando.

Otro gemido, más suave esta vez, pero igual de lastimero.

—No creo que papá nos haya dicho la verdad —dijo a Charlie mirándolo fijamente. Lucía pálido y atemorizado bajo la suave luz del refrigerador—.

No creo que una planta de tomate pueda emitir un sonido semejante.

Margaret se incorporó, tomó las toallas mojadas y las depositó en el cubo de la basura bajo el fregadero. Luego cerró la puerta del refrigerador, sumiendo la habitación en la oscuridad.

Con la mano en el hombro de Charlie, lo guió hacia la puerta de la cocina y a través del recibidor. Se detuvieron ante la puerta del sótano y escucharon.

Silencio.

Charlie intentó abrir la puerta. Estaba puesto el cerrojo.

Escucharon otro gemido suave, esta vez muy cerca.

—Es tan humano —susurró Charlie.

Margaret se estremeció. ¿Qué sucedía abajo en el sótano? ¿Qué sucedía *realmente?*

Avanzó escaleras arriba y aguardó hasta que su hermano estuviera a salvo en su habitación. Charlie agitó la mano para despedirse, bostezó en silencio y cerró la puerta detrás de sí.

Pocos momentos después Margaret se encontraba de regreso en su cama, con la colcha hasta la quijada a pesar del calor de la noche. Su boca todavía estaba seca, advirtió. Nunca había llegado a tomar el agua.

Se sumió en un sueño intranquilo.

El despertador sonó a las siete y treinta. Se

incorporó y pensó en la escuela. Luego recordó que durante los dos días siguientes no debían asistir, pues había una reunión especial de profesores.

Apagó el radio del reloj, se reclinó de nuevo en la almohada e intentó conciliar el sueño. Pero estaba despierta y los recuerdos de la noche anterior invadían su mente, sumiéndola en el mismo temor que había experimentado pocas horas antes.

Se incorporó, estiró los brazos y decidió hablar con su padre, confrontarlo directamente, preguntarle todo lo que deseaba saber.

"Si no lo hago ahora, desaparecerá en el sótano y yo permaneceré aquí todo el día con estas terribles ideas", pensó.

"No quiero estar aterrorizada de mi propio padre".

"No quiero".

Cubrió su pijama con una ligera bata de algodón, halló sus pantuflas en el armario y salió al pasillo. Allí hacía un calor espantoso, casi sofocante. La pálida luz de la mañana se filtraba desde arriba por la claraboya.

Se detuvo frente a la habitación de Charlie, preguntándose si debía despertarlo para que él también pudiera interrogar a su padre sobre lo que deseaba saber.

"No —decidió—. El pobre ha estado despierto casi toda la noche. Lo dejaré dormir".

Respirando profundamente, avanzó por el pasillo y se detuvo ante la habitación de sus padres. La puerta estaba abierta.

—¿Papá?

No hubo respuesta.

—¿Papá? ¿Estás despierto?

Entró en la habitación.

No parecía encontrarse allí.

El aire era pesado y tenía un extraño olor ácido. Las cortinas estaban cerradas. La ropa de cama estaba arrugada y apilada al pie de la cama.

—¿Papá?

No. Era demasiado tarde. Probablemente estaba encerrado ya en su estudio del sótano, advirtió desencantada.

Debió levantarse muy temprano y . . .

¿Qué había en la cama?

Margaret encendió la lámpara de la cómoda y se aproximó a la cama.

—¡Oh, no! —gritó horrorizada, cubriéndose el rostro con las manos.

La sábana estaba cubierta con una gruesa capa de tierra. Montones de tierra.

Margaret la contempló inmóvil, sin respirar.

La tierra era negra y parecía húmeda.

Y se movía.

¿Se movía?

“No puede ser —pensó Margaret—. Es imposible”.

Se inclinó para observar mejor la capa de tierra.

No. No se movía.

Estaba llena de cientos de insectos que se movían. Y largas lombrices de tierra. Todos se arrastraban entre los negros montones de tierra que bordeaban la cama de su padre.

11

Charlie no bajó hasta las diez y media. Antes de que llegara, Margaret se había preparado su desayuno, había conseguido vestirse, había hablado con Diana por teléfono durante media hora y había pasado el resto del tiempo caminando de arriba abajo en la sala, tratando de decidir qué haría.

Desesperada por hablar con su padre, había golpeado algunas veces en la puerta del sótano, primero con timidez, luego con más fuerza. Pero no podía escucharla, o bien no deseaba hacerlo. No respondió.

Cuando Charlie apareció finalmente, le sirvió un vaso de jugo de naranja y lo condujo al jardín para hablar con él. Era un día brumoso; el cielo lucía casi amarillo, el aire cálido era sofocante, aun cuando el sol apenas asomaba sobre las colinas.

Mientras caminaban hacia la sombra del seto, refirió a su hermano lo que había visto: la sangre verde de su padre, la tierra llena de insectos que había en su cama.

Charlie la contemplaba atónito, sosteniendo el vaso de jugo frente a él, sin tocarlo. La miraba fijamente y no acertaba a decir nada.

Finalmente, colocó el vaso de jugo sobre el césped y preguntó en un susurro:

—¿Qué debemos hacer?

Margaret se encogió de hombros.

—Desearía que mamá llamara.

—¿Se lo dirás todo? —preguntó Charlie, hundiendo las manos en los bolsillos de su pantalón.

—Supongo que sí —respondió su hermana—. No sé si lo creerá, pero . . .

—Es aterrador —prosiguió Charlie—. Quiero decir, es nuestro padre. Lo hemos conocido toda la vida. Quiero decir . . .

—Lo sé —dijo Margaret—. Pero no es el mismo. Es . . .

—Quizá pueda explicarlo todo —sugirió Charlie pensativo—. Quizá haya una buena razón para todo. Como lo de las hojas en su cabeza.

—Ya le hemos preguntado acerca de esto —le recordó Margaret—. Dijo que era sólo un efecto secundario. No es una explicación muy buena.

Charlie asintió pero no respondió.

—Le conté algo de esto a Diana —admitió Margaret.

Charlie la miró sorprendido.

—Bueno, tenía que decírselo a *alguien* —replicó nerviosa—. Diana piensa que debo llamar a la policía.

—¿Cómo? —Charlie sacudió la cabeza—. Papá no ha hecho nada malo, ¿verdad? ¿Qué puede hacer la policía?

—Lo sé —respondió Margaret—. Esto fue lo que le dije a Diana. Pero ella insiste en que debe existir alguna ley en contra de los científicos locos.

—Papá no es un científico loco —afirmó Charlie enojado—. Eso es una estupidez. Sólo es . . . Sólo es . . .

"¿Sólo es qué? —pensó Margaret—. ¿Qué *es*?"

Algunas horas más tarde se encontraban todavía en el jardín, tratando de decidir qué hacer, cuando se abrió la puerta de la cocina y su padre los invitó a entrar.

Margaret miró sorprendida a Charlie.

—No puedo creerlo. Subió.

—Quizá podamos hablar con él —dijo Charlie.

Ambos entraron corriendo a la cocina. El doctor Berger, con su gorra de béisbol, sonrió mientras colocaba dos tazones de sopa sobre la mesa.

—¡Hola! —dijo sonriendo—. Es hora de almorzar.

—¿Cómo? ¿Preparaste el almuerzo? —exclamó Charlie, incapaz de ocultar su asombro.

—Papá, tenemos que hablar —dijo Margaret muy seria.

—Temo que no tengo mucho tiempo —dijo evitando su mirada—. Siéntense. Prueben este nuevo plato. Quiero ver si les agrada.

Margaret y Charlie ocuparon obedientemente sus lugares en la mesa.

—¿Qué es esto? —exclamó Charlie.

Los dos tazones estaban llenos de una sustancia verde y pulposa.

—Parece puré de papas verde —dijo Charlie haciendo una mueca.

—Es algo diferente —replicó el doctor Berger misteriosamente, de pie en la cabecera de la mesa—. ¡Vamos, prueben! Les apuesto que se sorprenderán.

—Papá . . . nunca antes habías preparado el almuerzo —dijo Margaret tratando de ocultar la sospecha en su voz.

—Sólo deseaba que probaran esto —dijo. Su sonrisa se había desvanecido—. Ustedes son mis ratones de laboratorio.

—Hay algunas cosas que queremos preguntarte —dijo Margaret. Levantó la cuchara, pero no comió aquella masa verde.

—Tu madre llamó esta mañana —dijo el doctor Berger.

—¿Cuándo? —preguntó ansiosa Margaret.

—Hace poco. Supongo que se encontraban afuera y no escucharon el timbre del teléfono.

—¿Qué dijo? —preguntó Charlie, contemplando fijamente el tazón que tenía delante.

—La tía Leonor se encuentra mejor. Ya salió de cuidados intensivos. Tu madre regresará pronto a casa.

—¡Maravilloso! —exclamaron los chicos a la vez.

—¡Coman! —ordenó el doctor Berger, señalando los tazones.

—¡Oh! . . . ¿Tú no vas a comer un poco? —preguntó Charlie, jugando con la cuchara.

—No —respondió de inmediato su padre—. Ya comí. —Se apoyó con ambas manos sobre la mesa. Margaret vio que tenía un vendaje nuevo en la mano.

—Papá, anoche . . . —comenzó.

Pero él la interrumpió bruscamente—: ¡Coman! ¡Prueben!

—Pero, ¿qué es? —exigió Charlie quejándose—. No huele muy bien.

—Creo que les agradará el sabor —insistió el doctor Berger impaciente—. Debe ser muy dulce.

—Los contempló fijamente, urgiéndolos a que comieran aquella cosa verde.

Al mirar el tazón con aquella sustancia misteriosa, Margaret se sintió helada de espanto. "Insiste demasiado en que comamos esto", pensó mirando a su hermano.

"Está desesperado".

"Nunca antes había preparado el almuerzo. ¿Por qué hizo esto?"

"¿Y por qué no nos dice qué es?"

"¿Qué ocurre aquí?", se preguntó. La expresión de Charlie revelaba que estaba pensando lo mismo.

"¿Trata de hacernos algo? ¿Esta cosa verde nos transformará, nos hará daño . . . hará que broten hojas de nuestras cabezas?"

"Qué ideas tan locas", advirtió Margaret.

Pero advirtió también que estaba aterrorizada de aquella cosa que trataba de darles.

—¿Qué les sucede a los dos? —exclamó su padre con impaciencia. Levantó la mano con ademán de comer—. Tomen sus cucharas. Vamos. ¿Qué esperan?

Levantaron las cucharas y las dejaron caer en aquella sustancia verde y suave. Pero no se las llevaron a la boca.

No podían hacerlo.

—¡Coman! ¡Coman! —gritó el doctor Berger, golpeando la mesa con su mano sana—. ¿Qué esperan? Coman su almuerzo. ¡Vamos! ¡Coman!

"No nos deja otra alternativa", pensó Margaret.

Su mano temblaba cuando se llevó, de mala gana, la cuchara a la boca.

12

—¡Vamos, les agradará! —insistía el doctor Berger, inclinado sobre la mesa.

Charlie observó que Margaret se llevaba la cuchara a la boca.

Tocaron a la puerta.

—¿Quién podrá ser? —preguntó el doctor Berger, enojado por la interrupción—. Ya regreso, chicos. —Se dirigió al pasillo de entrada.

—Nos salvó la campana —dijo Margaret, dejando caer la cuchara en el tazón con un ruido seco.

—Esto es asqueroso —susurró Charlie—. Es una especie de alimento para plantas o algo así. ¡Yuck!

—¡Apresúrate! —dijo Margaret mientras se levantaba de un salto y tomaba los dos tazones—. ¡Ayúdame!

Corrieron al lavaplatos, sacaron el basurero y vertieron allí el contenido de los tazones. Luego los llevaron de nuevo a la mesa y los colocaron al lado de las cucharas.

—Veamos quién está en la puerta —dijo Charlie.

Avanzaron silenciosamente por el pasillo, justo a tiempo para ver a un hombre que llevaba un maletín negro acercarse a la puerta y saludar a su padre con un corto apretón de manos. El hombre era calvo y bronceado; usaba unas gafas de vidrios azules para el sol. Tenía un bigote castaño y llevaba un traje azul con una corbata a rayas blancas y rojas.

—¡Señor Martínez! —exclamó su padre—. ¡Qué . . . sorpresa!

—Es el antiguo jefe de papá, del Politécnico —susurró Margaret a su hermano.

—Ya lo sé —respondió con sorna Charlie.

—Hace unas semanas dije que vendría a visitarlo para saber cómo va su trabajo —dijo el señor Martínez, quien por alguna razón olfateaba el aire. Manuel me trajo hasta aquí. Mi auto está en el taller, como de costumbre.

—Pues bien, no estoy preparado aún —tartamudeó el doctor Berger, quien lucía muy incómodo, aun cuando Margaret lo estaba observando a sus espaldas—. No esperaba a nadie. Quiero decir . . . no creo que sea el momento oportuno.

—No hay problema. Sólo daré un vistazo —dijo el señor Martínez colocando la mano sobre el hombro del doctor Berger, como para tranquilizarlo—. Siempre he estado muy interesado en su trabajo.

Lo sabe. Y sabe que no fue idea mía el dejarlo partir. La junta me obligó a hacerlo. No me dejaron otra alternativa. Pero no he renunciado a usted. Se lo prometo. Vamos. Veamos qué progresos ha hecho.

—Bien . . . —El doctor Berger no podía ocultar el desagrado que le producía la súbita aparición del señor Martínez. Gruñó e intentó obstaculizar su paso hacia el sótano.

Al menos eso fue lo que le pareció a Margaret, quien lo observaba en silencio al lado de su hermano.

El señor Martínez cruzó el umbral, pasó al lado del doctor Berger y se dirigió hacia la puerta del sótano.

—¡Hola, chicos! —saludó, alzando su maletín como si pesara dos toneladas.

Su padre los miró, sorprendido de verlos allí.

—¿Terminaron su almuerzo, chicos?

—Sí, estaba bastante bueno —mintió Charlie.

La respuesta pareció agradar al doctor Berger. Ajustándose la visera de su gorra siguió al señor Martínez hacia el sótano, cerrando con cuidado la puerta tras de sí y corriendo el cerrojo.

—Quizás contrate de nuevo a papá —dijo Charlie, regresando a la cocina. Abrió el refrigerador para buscar algo de comer.

—No seas tonto —dijo Margaret, inclinándose sobre él para tomar un recipiente lleno de ensalada de huevo—. Si papá en realidad está cultivando plantas que son como animales, será famoso. No necesitará ningún empleo.

—Sí, supongo —admitió Charlie meditativo—. ¿Es todo lo que hay? ¿Ensalada de huevo?

—Te prepararé un *sandwich* —ofreció Margaret.

—En realidad no tengo hambre —respondió Charlie—. Aquella cosa verde me revolvió el estómago. ¿Por qué crees que quería hacérnosla comer?

—No lo sé —dijo Margaret. Colocó su mano sobre el hombro de Charlie—. Estoy realmente asustada, Charlie. Desearía que mamá estuviera en casa.

—Yo también —dijo él quedamente.

Margaret colocó la ensalada de nuevo en el refrigerador. Cerró la puerta y luego apoyó su frente contra ella.

—Charlie . . . ¿Crees que papá nos esté diciendo la verdad?

—¿Acerca de qué?

—¿De algo?

—No lo sé —respondió Charlie sacudiendo la cabeza. Luego cambió súbitamente de expresión—. Hay una manera de averiguarlo —dijo, y le brillaban los ojos.

—¿Cómo? ¿Qué quieres decir? —Margaret se apartó del refrigerador.

—En cuanto podamos, apenas salga papá —susurró Charlie—, regresaremos al sótano y veremos qué es lo que está haciendo realmente.

13

La oportunidad se presentó en la tarde del día siguiente, cuando su padre salió del sótano con la caja roja de herramientas en la mano.

—Le prometí al señor Harker que le ayudaría a instalar su nuevo lavamanos en el baño —explicó, ajustándose la gorra con la mano que tenía libre.

—¿A qué hora regresarás? —preguntó Charlie, mientras lanzaba una mirada a Margaret.

"Charlie no es muy sutil", pensó su hermana, levantando los ojos al cielo.

—Sólo tomará un par de horas —respondió el doctor Berger, y desapareció por la puerta de la cocina.

Miraron cómo acortaba el trayecto atravesando el seto del patio de atrás, y escucharon que se cerraba la puerta de la casa del señor Harker.

—¡Ahora o nunca! —exclamó Margaret, mirando dudosa a Charlie—. ¿Crees que debemos hacerlo? Intentó abrir la puerta. El cerrojo estaba en su lugar, como de costumbre.

—No hay problema —dijo Charlie con una sonrisa malévola—. Trae un sujetador de papeles. Te mostraré lo que me enseñó mi amigo Pablo la semana pasada.

Margaret hizo lo que le pedía. Buscó uno en su escritorio y se lo trajo, obediente. Charlie lo enderezó y lo colocó en la cerradura. En pocos segundos, entonó una alegre marcha triunfal y abrió la puerta.

—Ahora eres un experto ladrón, ¿verdad? Sería bueno conocer a tu amigo Pablo —observó Margaret sacudiendo la cabeza.

Charlie sonrió y la invitó a pasar.

—Está bien. No pensemos en ello. Sólo hagámoslo —dijo Margaret, armándose de valor y avanzando hacia la escalera.

Pocos segundos después se encontraban en el sótano.

El tener conocimiento acerca de lo que podían encontrar no lo hacía menos aterrador. De inmediato les golpeó una ola de aire cálido y húmedo. El aire, advirtió Margaret, era tan húmedo y denso que sintió gotitas de agua pegadas en su piel.

Entrecerrando los ojos para protegerse de la brillante luz, se detuvieron en el umbral que conducía a la habitación donde se encontraban las plantas. Éstas lucían más altas, más gruesas, más frondosas que la primera vez que se habían aventurado a entrar.

Largas y sinuosas lianas colgaban de los tallos amarillos. Las hojas verdes y amarillas se agitaban y temblaban, brillantes bajo la luz blanca. Chocaban unas contra otras, produciendo un sonido suave y húmedo. Un grueso tomate cayó al suelo.

Todo brillaba intensamente. Las plantas parecían temblar de expectativa. No permanecían quietas. Parecían levantarse, extenderse, llenas de energía.

Largas lianas marrones serpenteaban sobre la tierra, enredándose en otras plantas. Un frondoso helecho había crecido hasta el techo, desde donde se inclinaba y descendía de nuevo.

—¡Mira! —exclamó Charlie, impresionado con aquella selva temblorosa y brillante—. ¿Serán realmente recién nacidas estas plantas?

—Supongo que sí —respondió su hermana suavemente—. ¡Parecen prehistóricas!

Escucharon como si respiraran, fuertes suspiros, un suave quejido que provenía de la alacena colocada contra la pared.

De repente, una de las lianas de un grueso tronco se meció ante ellos. Margaret hizo retroceder a Charlie.

—¡Ten cuidado! No te aproximes demasiado —advirtió.

—Lo sé —dijo cortante, apartándose de ella—. No me jales así. Me asustaste.

La liana se deslizó inofensivamente hacia el suelo.

—Lo siento —dijo Margaret, dándole un afectuoso apretón en el hombro—. Es sólo que . . . recuerda la última vez.

—Tendré cuidado —respondió.

Margaret se estremeció.

Escuchó respirar. Una respiración constante y silenciosa.

"Definitivamente estas plantas no son normales", pensó. Dio un paso atrás, dejando que sus ojos recorrieran la asombrosa selva de plantas que se deslizaban y suspiraban.

Continuaba mirándolas fijamente cuando escuchó el aterrador alarido de Charlie.

—¡Ayúdame! ¡Me atrapó! ¡Me atrapó!

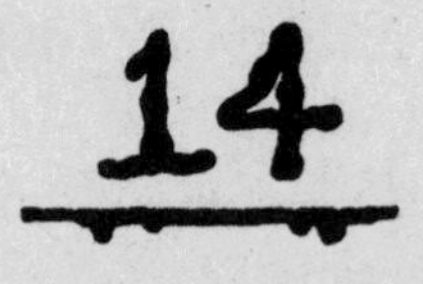

Margaret lanzó un grito de terror y se alejó temerosa de las plantas, en busca de su hermano.

—¡Ayúdame! —gritaba Charlie.

Aterrada, Margaret avanzó unos pocos pasos hacia Charlie cuando vio una criatura pequeña y gris que se deslizaba sobre el suelo.

Se echó a reír.

—Charlie, ¡es una ardilla!

—¿Cómo? —Su voz se había elevado varias octavas por encima de su tono normal—. Agarró mi tobillo y . . .

—¡Mira! —dijo Margaret señalando el animalito con el dedo—. Es una ardilla. Está muy asustada. Debió chocar contigo.

—¡Oh! —suspiró aliviado Charlie. El color regresó lentamente a su pálido rostro—. Pensé que era . . . una de las plantas.

—Sí. Una planta gris y peluda —dijo Margaret sacudiendo la cabeza. Su corazón latía con fuerza todavía—. Me diste un tremendo susto, Charlie.

La ardilla se detuvo a unos pocos metros, se volvió, se sentó en sus patas traseras y los miró, temblando de pies a cabeza.

—¿Cómo entró esta ardilla? —preguntó Charlie, con la voz temblorosa.

Margaret se encogió de hombros.

—Las ardillas entran por todas partes —respondió—. ¿Recuerdas aquélla de la que no podíamos deshacernos? —Dirigió la mirada hacia la ventana que había a ras del suelo, en la parte superior de la pared—. La ventana está abierta —dijo a su hermano—. Debió entrar por ahí.

—Shuuu —llamó Charlie a la ardilla. Comenzó a perseguirla. La cola de la ardilla se irguió de inmediato en el aire y se lanzó a correr entre las enredadas plantas—. ¡Sal de aquí! ¡Sal! —gritó Charlie.

La aterrorizada ardilla, seguida de cerca por Charlie, rodeó dos veces las plantas. Luego se dirigió hacia la pared más distante, saltó sobre un cartón y luego sobre otro y se abalanzó afuera por la ventana.

Charlie se detuvo y miró hacia la ventana.

—Buen trabajo —dijo Margaret—. Ahora salgamos de aquí. No sabemos de qué se trata. No tenemos idea de qué debemos buscar. No sabremos si papá dice la verdad o si está mintiendo.

Se dirigió hacia la escalera pero se detuvo al escuchar un ruido semejante a unos golpes.

—Charlie . . . ¿escuchaste eso? —Buscó a su hermano, pero las gruesas hojas de las plantas lo ocultaban—. ¿Charlie?

—Sí, lo escuché —respondió, aun cuando no la veía—. Viene de la alacena.

Los fuertes golpes hicieron estremecer a Margaret. Parecía que alguien golpeara la pared de la alacena.

—Charlie, veamos qué es —dijo.

No obtuvo respuesta.

Los golpes se tornaron más fuertes.

¿Por qué no respondía?

—Charlie . . . ¿dónde estás? Me estás asustando —llamó Margaret, aproximándose a las brillantes plantas. Otro tomate cayó al suelo, tan cerca de su pie que la hizo saltar.

A pesar del intenso calor, sintió que la invadía una oleada de frío.

—¿Charlie?

—Margaret, ven acá. He encontrado algo —dijo finalmente. Sonaba inseguro, preocupado.

Se apresuró a rodear las plantas y lo vio de pie ante el escritorio, al lado de la alacena. Los golpes habían cesado.

—Charlie, ¿qué sucede? Me asustaste —regañó Margaret. Se detuvo y se inclinó sobre la mesa de trabajo de su padre.

—Mira —dijo su hermano, levantando un bulto en la mano—. Hallé esto. En el suelo, tirado bajo el escritorio.

—¿Qué es? —preguntó Margaret.

Charlie lo desdobló. Era la chaqueta de un traje. De un traje azul. Una corbata a rayas blancas y rojas estaba doblada en su interior.

—Es el traje del señor Martínez —dijo Charlie, apretando el cuello de la arrugada chaqueta entre sus manos—. Su chaqueta y su corbata.

Margaret lo contempló asombrada.

—¿Quieres decir que las olvidó aquí?

—Si las olvidó, ¿por qué estaban ocultas debajo del escritorio? —preguntó Charlie.

Margaret miró fijamente la chaqueta. Pasó la mano sobre la corbata de seda.

—¿Viste partir al señor Martínez ayer en la tarde? —preguntó Charlie.

—No —respondió Margaret—. Pero debió hacerlo. Su auto no estaba allí.

—Él no conducía su auto, ¿recuerdas? Le dijo a papá que un amigo lo había traído.

Margaret levantó los ojos de la arrugada chaqueta al rostro preocupado de su hermano.

—Charlie . . . ¿qué estás diciendo? ¿Que el señor Martínez no partió? ¿Que lo devoró una de las plantas o algo así? ¡Eso es ridículo!

—¿Entonces por qué estaban escondidas su chaqueta y su corbata? —insistió Charlie.

Margaret no tuvo oportunidad de responder.

Ambos perdieron el aliento al escuchar fuertes pisadas en la escalera.

Alguien bajaba de prisa al sótano.

—¡Ocúltate! —susurró Margaret.

—¿Dónde? —preguntó Charlie lleno de pánico.

15

Margaret saltó sobre la caja de cartón y salió a través de la pequeña ventana abierta. Apenas si consiguió pasar, pero logró llegar al césped.

"La ardilla resultó ser una buena amiga —pensó, jalando a su hermano del brazo mientras intentaba salir del sótano—. Nos enseñó la única manera de escapar".

El aire de la tarde era frío comparado con aquel hirviente sótano. Suspirando fuerte, ambos se arrodillaron para mirar al interior del sótano.

—¿Quién es? —murmuró Charlie.

Margaret no tuvo que responder. Ambos vieron a su padre avanzar hacia la luz blanca, mirando por todas partes.

—¿Por qué regresaría? —preguntó Charlie.

—¡Shhhh! —Margaret colocó un dedo sobre sus labios. Luego se incorporó y jaló a Charlie hacia la puerta de atrás—. ¡Vamos! ¡Date prisa!

La puerta de atrás estaba abierta. Entraron a la cocina en el preciso momento que su padre salía del sótano con una expresión preocupada en el rostro.

—¡Eh, ahí están! —exclamó.

—¡Hola, papá! —saludó Margaret, intentando parecer calmada—. ¿Por qué regresaste?

—Necesitaba otras herramientas —respondió, estudiando sus rostros. Los miró sospechoso—. ¿Dónde se habían metido?

—Estábamos en el jardín —respondió Margaret de inmediato—. Regresamos al escuchar la puerta.

El doctor Berger gruñó y sacudió la cabeza—. Nunca me habían mentido —dijo—. Sé que estuvieron de nuevo en el sótano. Dejaron la puerta abierta de par en par.

—Sólo queríamos mirar —admitió Charlie, mientras miraba temeroso a Margaret.

—Hallamos la chaqueta y la corbata del señor Martínez —dijo Margaret—. ¿Qué le ocurrió, papá?

—¿Cómo? —La pregunta pareció tomarlo por sorpresa.

—¿Por qué dejó su chaqueta y su corbata en el sótano? —preguntó Margaret.

—Tengo dos espías por hijos —respondió cortante—. El señor Martínez sintió mucho calor, ¿está bien? Debo mantener el sótano a temperaturas muy altas, tropicales, muy húmedas. Martínez se sintió incómodo. Se quitó la chaqueta y la corbata y las colocó sobre el escritorio. Luego las olvidó al partir.

—Creo que estaba en estado de shock después de todo lo que le enseñé allí. No es de sorprender que haya olvidado sus cosas. Pero hablé por teléfono con él esta mañana. Le llevaré sus cosas en cuanto termine el trabajo en casa del señor Harker.

Margaret vio que Charlie sonreía. Ella también se sintió aliviada. Era bueno saber que el señor Martínez se encontraba bien.

"Es horrible sospechar que mi propio padre podría haberle hecho algo terrible a alguien", pensó.

Pero no podía impedirlo. El terror regresaba cada vez que veía a su padre.

—Debo irme —dijo el doctor Berger. Tomó las herramientas que había venido a buscar y se dirigió de nuevo hacia la puerta. Pero se detuvo al final del pasillo y se volvió—. No regresen al sótano, ¿escucharon? Podría ser muy peligroso. Lo lamentarían.

Margaret escuchó cerrar la puerta tras él.

"¿Era una advertencia, o una amenaza?", se preguntó.

16

Margaret pasó la mañana del domingo paseando en bicicleta con Diana por las doradas colinas. El sol brillaba a través de la niebla matutina y el cielo pronto se tornó azul. Una fuerte brisa impidió que sintieran calor. El estrecho sendero estaba bordeado de flores amarillas y rojas, y Margaret tuvo la sensación de viajar a un lugar muy, muy lejano.

Almorzaron en casa de Diana — sopa de tomate y ensalada de aguacate — y luego regresaron a casa de Margaret, mientras pensaban qué harían el resto de aquella maravillosa tarde.

El doctor Berger sacaba su auto del garaje en el momento en que llegaban Margaret y Diana en sus bicicletas. Bajó el vidrio con una amplia sonrisa.

—¡Buenas noticias! —exclamó—. Tu madre viene camino a casa. ¡Voy a buscarla al aeropuerto!

—¡Oh, eso es estupendo! —exclamó Margaret, tan feliz que estuvo a punto de llorar. Margaret y Diana se despidieron con la mano y entraron a la casa.

"Estoy tan feliz", pensó Margaret. "Será maravilloso tenerla aquí de nuevo. Poder hablar con alguien. Poder explicarle a alguien . . . lo que sucede con papá".

Estuvieron hojeando algunas revistas en la habitación de Margaret y escuchando unos discos que Diana había comprado hacía poco. Poco después de las tres, Diana recordó que tenía una clase de piano y que ya era tarde. Salió corriendo de la casa, saltó en su bicicleta y gritó:

—¡Saluda a tu mamá de mi parte! —y desapareció por la vereda.

Margaret permaneció detrás de la casa contemplando las colinas distantes, preguntándose qué haría para pasar el tiempo mientras llegaba su madre. La fuerte brisa azotó su rostro. Decidió traer un libro e instalarse debajo del árbol de sasafrás en medio del jardín.

Se volvió y abrió la puerta de la cocina. Charlie llegó corriendo.

—¿Dónde están las cometas? —preguntó sin aliento.

—¿Las cometas? No lo sé. ¿Por qué? —preguntó Margaret—. ¡Oye. . . ! —Lo asió del brazo para llamar su atención—. Mamá llega hoy. Debe estar aquí en una hora o algo así.

—¡Maravilloso! —exclamó Charlie—. Apenas tengo tiempo de elevar una cometa. Hace un viento perfecto. ¡Vamos! ¿Quieres venir conmigo?

—Seguro —respondió su hermana. Esto le ayudaría a pasar el tiempo. Se concentró, tratando de recordar dónde había colocado las cometas—. ¿Están en el garaje?

—No —respondió Charlie—. Ya sé dónde están. ¡En el sótano! En aquellas repisas. El hilo también. —Corrió hacia el interior de la casa—. Abriré el cerrojo y bajaré a buscarlas.

—Oye, Charlie, ten cuidado —llamó Margaret. Desapareció en el pasillo. Margaret dudaba. No deseaba que Charlie estuviera solo en la habitación donde se encontraban las plantas—. Espera —gritó—. Bajaré contigo.

Bajaron rápidamente la escalera hacia el aire caluroso y húmedo, hacia las luces blancas.

Las plantas parecían inclinarse hacia ellos, extenderse, mientras pasaban a su lado. Margaret trataba de ignorarlas. Caminaba detrás de Charlie y mantenía los ojos fijos en las repisas de metal que se hallaban frente a ellos.

Las repisas estaban llenas de juguetes viejos, juegos e implementos de deportes, una tienda de acampar y algunos sacos de dormir. Charlie llegó primero y comenzó a buscar en las repisas inferiores.

—Sé que están en alguna parte —dijo.

—Sí, recuerdo haberlas guardado allí —afirmó Margaret, recorriendo con los ojos las repisas superiores.

Charlie, de rodillas, comenzó a sacar cajas de la repisa inferior. De pronto se detuvo.

—¡Oh, Margaret!

—¿Qué sucede? —preguntó su hermana. Retrocedió un poco—. ¿Qué es?

—Mira esto —dijo Charlie suavemente. Sacó algo que se encontraba detrás de las repisas y luego se incorporó con lo que había encontrado entre las manos.

Margaret vio que sostenía un par de zapatos negros. Y un par de pantalones azules.

¿Los pantalones de un traje azul?

Con el rostro pálido y tirante, Charlie dejó caer los zapatos al suelo. Desdobló los pantalones y los sostuvo delante de sí.

—¡Eh!, mira el bolsillo de atrás —dijo Margaret.

Charlie metió la mano en el bolsillo y sacó una billetera de cuero negro.

—No puedo creerlo —dijo Margaret.

La mano de Charlie temblaba mientras abría la billetera y buscaba en su interior. Encontró una tarjeta de crédito y leyó el nombre que aparecía en ella.

—Es del señor Martínez —dijo con dificultad—. Éstas son sus cosas.

17

—¡Papá mintió! —exclamó Charlie horrorizado, mientras contemplaba la billetera que sostenía en las manos—. El señor Martínez pudo haberse ido sin su chaqueta, pero no sin sus pantalones y sus zapatos.

—Pero . . . ¿qué le ocurrió? —preguntó Margaret, sintiéndose enferma.

Charlie cerró la billetera de un golpe. Sacudió la cabeza con tristeza, mas no respondió.

En el centro de la habitación, una de las plantas pareció gemir; ese sonido los sobresaltó.

—Papá mintió —repitió Charlie, contemplando los pantalones y los zapatos—. Nos mintió.

—¿Qué vamos a hacer? —exclamó Margaret, con una voz llena de pánico y desesperación—. Debemos decirle a alguien lo que está ocurriendo aquí. Pero, ¿a quién?

La planta gimió de nuevo. Las lianas se arrastraban serpenteando por la tierra. Las hojas entrechocaban suavemente unas con otras.

Y luego comenzaron de nuevo los golpes en la alacena, al lado de las repisas.

Margaret miró a Charlie.

—Esos golpes, ¿qué son?

Ambos escucharon los insistentes golpes. Un gemido bajo provenía de la alacena, seguido por uno más agudo, ambos como lamentos humanos.

—¡Creo que hay alguien allí! —exclamó Margaret.

—Quizás sea el señor Martínez —sugirió Charlie, asiendo fuertemente la billetera.

—¿Crees que debemos abrir la alacena? —preguntó tímidamente Charlie.

—Sí, creo que debemos hacerlo —replicó Margaret, invadida por una oleada de frío—. Si el señor Martínez se encuentra allí, debemos liberarlo.

Charlie colocó la billetera sobre la repisa. Luego avanzaron de prisa hacia la alacena.

Delante de ellos, las plantas parecían agitarse y moverse en la misma dirección. Escucharon respirar, otro gemido, deslizamientos. Las hojas se sacudían en las ramas. Las lianas se inclinaban.

—¡Oye, mira! —exclamó Charlie.

—Ya veo —respondió su hermana. La puerta de la alacena no estaba sólo con cerrojo. Habían clavado una tabla sobre ella.

Escucharon de nuevo los golpes.

—¡Hay alguien allí, lo sé! —exclamó Margaret.

—Traeré el martillo —dijo Charlie. Se mantuvo

pegado a la pared, tan lejos de las plantas como pudo, y se dirigió hacia el escritorio.

Pocos segundos después, regresó con el martillo.

Entre ambos consiguieron desclavar la tabla de la puerta. Cayó al suelo con un gran estruendo.

Los golpes dentro de la alacena se tornaron más fuertes e insistentes.

—Y ahora, ¿qué haremos con el cerrojo? —preguntó Margaret.

Charlie se rascó la cabeza. Ambos sudaban copiosamente. El aire húmedo les hacía perder el aliento.

—No sé cómo abrirlo —respondió Charlie desolado.

—¿Y si intentamos desclavar la puerta como lo hicimos con la tabla? —preguntó Margaret.

Los golpes de nuevo.

Charlie se encogió de hombros.

—No lo sé. ¡Intentémoslo!

Hundieron el martillo en la delgada ranura del lado del candado para tratar de abrir la puerta. Ésta no se movía y lo intentaron de nuevo del lado de las bisagras.

—No se mueve —dijo Charlie, secándose la frente con el brazo.

—Continúa intentándolo —dijo Margaret—. ¡Hagámoslo los dos!

Hundieron el martillo justo encima de la bisagra inferior y ambos empujaron con todas sus fuerzas.

—Se movió un poco —dijo Margaret, respirando con fuerza.

Continuaron con su tarea. La húmeda madera comenzó a crujir. Ambos hacían fuerza sobre el martillo, hendiendo el extremo por la ranura.

Finalmente, con un fuerte crujido, consiguieron arrancar la puerta.

Charlie dejó caer el martillo.

Ambos se asomaron al oscuro interior de la alacena.

Y gritaron horrorizados cuando vieron lo que había adentro.

—¡Mira! —exclamó Margaret. Su corazón latía con fuerza. De pronto, sintió que iba a perder el sentido. Se asió de la puerta de la alacena para recobrar el equilibrio.

—No puedo creerlo —dijo Charlie quedamente. Su voz temblaba mientras contemplaba la larga y estrecha alacena.

Ambos miraban asombrados las extrañas plantas que la llenaban.

¿Eran plantas?

Bajo la tenue luz de la bombilla colocada en el techo se inclinaban y estremecían, gemían, respiraban, suspiraban. Las ramas se agitaban, las hojas brillaban y se movían, las plantas más altas se reclinaban hacia adelante, como si quisieran alcanzar a Margaret y a Charlie.

—¡Mira aquélla! —gritó Charlie retrocediendo un poco y chocando con su hermana—. ¡Tiene un brazo!

—¡Ohhh! —Margaret dirigió la vista hacia donde señalaba Charlie. Estaba en lo cierto. El alto y frondoso arbusto parecía tener un brazo humano que colgaba de su tallo.

Los ojos de Margaret recorrieron velozmente la alacena. Para su horror, advirtió que varias de las plantas parecían tener rasgos humanos: brazos verdes, una mano amarilla con tres dedos, dos piernas en el lugar que debería ocupar el tronco.

Margaret y su hermano gritaron cuando vieron las plantas con rostro. Dentro de un racimo de amplias hojas parecía crecer un enorme tomate redondo. Pero el tomate tenía una nariz y la boca abierta, de la que salían los más tristes suspiros y lamentos.

Otra de las plantas, más pequeña, de grandes hojas ovaladas, tenía dos rostros verdes, casi humanos, parcialmente ocultos por las ramas; ambos gemían con la boca abierta.

—¡Salgamos de aquí! —gritó Charlie, agarrando aterrorizado la mano de Margaret y conduciéndola fuera de la alacena—. ¡Esto es . . . horrible!

Las plantas gemían y suspiraban. Las manos verdes y desprovistas de dedos tendían hacia ellos. Una planta amarilla colocada cerca de la pared, que lucía enferma, se abalanzó temblorosa con sus delgados brazos extendidos como lianas.

—¡Espera! —exclamó Margaret, liberando su

mano de la de Charlie. Había advertido algo en el suelo de la alacena detrás de las gimientes plantas—. Charlie, ¿qué es eso? —preguntó.

Luchaba por enfocar la vista bajo la débil luz de la alacena. Sobre el suelo, detrás de las plantas, cerca de las repisas colocadas en la pared del fondo, había dos pies humanos.

Margaret avanzó cautelosamente dentro de la alacena. Los pies, observó, pertenecían a dos piernas.

—Margaret, ¡salgamos de aquí! —imploró Charlie.

—No. Mira. Hay alguien allí —dijo su hermana, clavando la mirada en el fondo de la alacena.

—¿Qué?

—Una persona, no una planta —dijo Margaret. Dio un paso más. Un suave brazo verde rozó contra su costado.

—Margaret, ¿qué haces? —preguntó Charlie en un tono de voz agudo y atemorizado.

—Debo ver quién es —respondió Margaret.

Inhaló con fuerza y contuvo el aire. Luego, haciendo caso omiso de los gemidos, de los brazos verdes que se tendían hacia ella, de los horrendos rostros de tomate, avanzó decidida hacia la parte de atrás de la alacena.

—¡Papá! —gritó.

Su padre yacía en el suelo, con las manos y los pies fuertemente atados con lianas, la boca amordazada por una gruesa banda de cinta elástica.

—Margaret . . . —Charlie estaba a su lado. Bajó la mirada al suelo—. ¡Oh, no!

Su padre los contempló, suplicando con los ojos—: ¡Mmmmmmmm! —exclamó, intentando hablar a través de la mordaza.

Margaret se arrodilló de inmediato y comenzó a desatarlo.

—¡No . . . detente! —gritó Charlie y la tomó por los hombros para hacerla retroceder.

—Charlie, suéltame. ¿Qué te sucede? —exclamó enojada Margaret—. ¡Es papá. . . !

—¡No puede ser papá! —respondió Charlie, quien todavía la sujetaba por los hombros—. Papá está en el aeropuerto, ¿recuerdas?

Detrás de ellos, las plantas parecían gemir al unísono, en horrible coro. Un alto arbusto cayó y rodó hacia la puerta abierta de la alacena.

—¡Mmmmmmmm! —continuaba suplicando su padre, luchando con las lianas que lo aprisionaban.

—Debo desatarlo —dijo Margaret a su hermano—. ¡Suéltame!

—No —insistía Charlie—. Margaret, mira su cabeza.

Margaret volvió la vista hacia la cabeza de su padre. No llevaba la gorra. En el lugar donde debería estar su cabello había racimos de hojas verdes.

—Ya lo hemos visto antes —respondió Margaret enfadada—. Es un efecto secundario, ¿lo recuerdas? —Se inclinó para desatar las lianas.

—No, no lo hagas —insistió de nuevo Charlie.

—Está bien, está bien —dijo Margaret—. Sólo le quitaré la mordaza. No lo desataré.

Se inclinó y arrancó la cinta plástica que cubría la boca de su padre.

—¡Chicos, estoy tan feliz de verlos! —dijo el doctor Berger—. Rápido, desátenme.

—¿Cómo llegaste aquí? —preguntó Charlie de pie ante él, con las manos en la cintura, contemplándolo sospechosamente—. Vimos cómo partías para el aeropuerto.

—No era yo —dijo el doctor Berger—. He estado encerrado aquí durante varios días.

—¿Cómo? —exclamó Charlie.

—Pero te vimos . . . —comenzó a decir Margaret.

—No era yo. Es una planta —explicó el doctor Berger—. Es una copia mía.

—Papá . . . —susurró Charlie.

—Por favor. No hay tiempo para explicaciones —dijo su padre impaciente, levantando la cabeza cubierta de hojas para mirar hacia la puerta de la alacena—. ¡Sólo desátenme!

—El padre con quien he estado viviendo, ¿es una planta? —exclamó Margaret aterrorizada.

—¡Sí! Por favor . . . ¡desátenme!

Margaret comenzó a jalar de las lianas.

—¡No! —insistió Charlie—. ¿Cómo sabremos que dices la verdad?

—Lo explicaré todo. Lo prometo —rogó.

—¡Dense prisa! Nuestras vidas están en peligro. El señor Martínez también se encuentra aquí.

Asombrada, Margaret dirigió la vista hacia la pared del fondo. En efecto, el señor Martínez yacía también en el suelo, atado y amordazado.

—¡Déjenme salir, por favor! —exclamó su padre.

Detrás de ellos, las plantas gemían y lloraban.

Margaret ya no podía soportarlo más.

—Lo desataré —dijo a Charlie. Se puso de rodillas y comenzó a liberarlo de sus ataduras.

Su padre suspiró agradecido. Charlie, de mala gana, se dispuso a ayudarla.

Finalmente, consiguieron aflojar las lianas lo suficiente para que su padre pudiera salir de ellas. Se incorporó lentamente, extendió los brazos, movió las piernas, flexionó las rodillas.

—¿Qué bien se siente! —dijo dirigiendo a Margaret y a Charlie una débil sonrisa.

—Papá, ¿no deberíamos liberar al señor Martínez? —preguntó Margaret.

Pero, sin previo aviso, el doctor Berger se abalanzó hacia la puerta y salió de la alacena.

—¡Papá . . . espera! ¿Adónde vas? —llamó Margaret.

—¡Dijiste que lo explicarías todo! —insistía Charlie. Él y su hermana corrieron a través de las plantas que gemían, detrás de su padre.

—Lo haré, lo haré. —Respirando con fuerza, el doctor Berger avanzó con rapidez hacia la pila de leña que se encontraba contra la pared del sótano.

Margaret y Charlie perdieron el aliento al ver que tomaba el hacha.

Se volvió para enfrentarlos, sosteniendo la gruesa hacha con ambas manos. Con el rostro congelado por la determinación, avanzó hacia ellos.

—¡Papá!, ¿qué haces? —gritó Margaret.

19

El doctor Berger balanceó el hacha sobre su hombro y avanzó hacia Margaret y Charlie. Jadeaba por el esfuerzo de levantar aquel enorme peso; estaba enrojecido y sus ojos brillaban.

—¡Papá, por favor! —gritó Margaret, asiéndose del hombro de Charlie y retrocediendo hacia la selva que se encontraba en medio de la habitación.

—¿Qué haces? —repitió.

—¡No es nuestro verdadero padre! —exclamó Charlie—. ¡Te dije que no debías desatarlo!

—¡Él *es* nuestro verdadero padre! —insistía Margaret—. ¡Sé que lo es! —Volvió los ojos hacia su padre, buscando una respuesta.

Pero él los contemplaba con una expresión llena de confusión —amenazante— sosteniendo en las manos el hacha que centelleaba bajo las brillantes luces blancas.

—¡Papá, responde! —exigió Margaret—. ¡Responde!

Antes de que el doctor Berger pudiera responder, escucharon en la escalera fuertes pisadas que se aproximaban.

Todos se volvieron hacia la puerta para ver cómo entraba el doctor Berger, alarmado. Se aseguraba la gorra en la cabeza mientras avanzaba enojado hacia los chicos.

—¿Qué hacen aquí? —exclamó—. Me lo prometieron. Ya llegó su mamá. ¿No quieren . . . ?

La señora Berger apareció a su lado. Comenzó a saludarlos, pero luego se detuvo, helada de horror, al contemplar aquella confusa escena.

—¡No! —gritó, al ver al otro doctor Berger, con la cabeza descubierta, que sostenía el hacha delante de sí con ambas manos—. ¡No! —Su rostro se llenó de pánico. Se volvió hacia el doctor Berger que acababa de conducirla a casa.

Éste miró furioso a Margaret y a Charlie.

—¿Qué han hecho? ¿Lo dejaron escapar?

—Es nuestro padre —dijo Margaret con una voz tan leve que apenas si pudo reconocer.

—¡Yo soy tu padre! —gritó el doctor Berger que se encontraba en el umbral de la puerta—. ¡No es él! ¡Él no es tu padre! ¡No es ni siquiera un ser humano! ¡Es una planta!

Margaret y Charlie retrocedieron horrorizados.

—¡Tú eres la planta! —respondió el otro doctor Berger, levantando el hacha.

—¡Es peligroso! —replicó su acusador—. ¿Cómo pudieron dejarlo escapar?

Atrapados en medio de ambos, Margaret y Charlie contemplaban sucesivamente a sus dos padres.

¿Cuál era el verdadero?

20

—¡Él no es su padre! —gritó de nuevo el doctor Berger que llevaba la gorra, entrando en la habitación—. Es una copia. Es una planta. Uno de mis experimentos que falló. Lo encerré en la alacena porque es peligroso.

—¡Tú eres la copia! —lo acusó el otro doctor Berger, levantando el hacha.

Margaret y Charlie permanecían inmóviles y se miraban aterrorizados el uno al otro.

—Chicos, ¿qué han hecho? —exclamó la señora Berger apretando las manos contra el pecho, asombrada.

—¿Qué hemos hecho nosotros? —preguntó Margaret a su hermano en voz baja.

Charlie, quien contemplaba alternativamente a ambos hombres, estaba demasiado atemorizado para responder.

—No sé qué hacer —consiguió decir finalmente.

"¿Qué podemos hacer?", se preguntaba Margaret en silencio. Advirtió que todo su cuerpo temblaba.

—¡Debe ser destruido! —gritó el doctor Berger que sostenía el hacha, mirando su copia al otro lado de la habitación.

A su lado, las plantas se estremecían y se agitaban, suspirando con fuerza. Las lianas serpenteaban por la tierra. Las hojas brillaban y susurraban.

—¡Deja ya esa hacha. No estás engañando a nadie! —dijo el otro doctor Berger.

—¡Debes ser destruido! —repitió el doctor Berger sin gorra. Sus ojos tenían un brillo salvaje, su rostro se había tornado escarlata. Se aproximaba con el hacha en alto, que brillaba como si estuviese electrificada debido a la luz blanca.

"Papá *nunca* actuaría de esta manera —observó Margaret—. Charlie y yo nos portamos como unos idiotas. Le permitimos salir de la alacena. Y ahora se dispone a matar a nuestro verdadero padre. Y a mamá".

"¡Y luego . . . a nosotros!"

"¿Qué puedo hacer?", se preguntaba, tratando de pensar con claridad aun cuando su mente giraba fuera de control.

"¿Qué puedo hacer?"

Margaret lanzó un grito desesperado, se abalanzó y le arrebató el hacha al impostor.

Éste quedó atónito por la sorpresa, mientras

ella asía el cabo con más fuerza. Era mucho más pesada de lo que había imaginado.

—¡Regresa a la alacena! —ordenó—. ¡Regresa ahora mismo!

—¡Margaret, espera! —gritó su madre, quien se encontraba demasiado aterrorizada como para apartarse de la puerta.

El doctor Berger que había salido de la alacena intentó tomar de nuevo el hacha.

—¡Devuélvemela! ¡No sabes lo qué haces! —imploró, y trató de arrebatársela.

Margaret retrocedió y balanceó el hacha:

—¡Quédate donde estás! ¡Permanezcan todos donde están!

—¡Gracias a Dios! —exclamó el otro doctor Berger—. Debo encerrarlo de nuevo en la alacena. Es muy peligroso. —Se aproximó a Margaret—. Dame el hacha.

Margaret vaciló.

—¡Dame el hacha a mí! —insistió.

Margaret se volvió hacia su madre—: ¿Qué debo hacer?

La señora Berger se encogió de hombros, sin saber qué camino tomar.

—No . . . no lo sé.

—Princesa . . . no lo hagas —dijo con suavidad el doctor Berger de la alacena, mirándola a los ojos.

"Me llamó princesa", advirtió Margaret.

El otro nunca lo había hecho.

"¿Esto significa que el de la alacena es mi verdadero padre?"

—¡Margaret, dame el hacha! —El de la gorra intentó arrebatársela.

Margaret retrocedió y la blandió de nuevo.

—¡Retrocedan! ¡Ambos . . . retrocedan! —les advirtió.

—Te lo advierto —dijo el doctor Berger que llevaba la gorra—. Es peligroso. Escúchame, Margaret . . .

—¡Retroceda! —repitió Margaret desesperada, tratando de decidir qué debía hacer.

¿Cuál es mi verdadero padre?

¿Cuál? ¿Cuál? ¿Cuál?

Sus ojos pasaban del uno al otro. Vio que ambos tenían un vendaje en la mano derecha. Esto le dio una idea.

—Charlie, hay una navaja allá en la repisa —dijo sin soltar el hacha. —¡Tráela, rápido!

Charlie, obediente, se apresuró a buscarla. Le tomó algunos segundos encontrarla entre las herramientas que colgaban de la pared. Se empinó para alcanzarla y luego regresó corriendo al lado de su hermana.

Margaret apoyó el hacha en el suelo y tomó la navaja.

—¡Margaret, dame el hacha! —insistía impaciente el hombre de la gorra.

—Margaret, ¿qué haces? —preguntó el hombre de la alacena, atemorizado.

—Tengo una idea —respondió Margaret vacilante.

Respiró profundamente.

Luego se dirigió al hombre de la alacena y enterró la navaja en su brazo.

21

—¡Auch! —gritó cuando sintió que la navaja cortaba su piel. Margaret retiró la navaja de inmediato, después de haber hecho una pequeña cortada.

De ella manaba sangre roja.

—Es nuestro verdadero padre —dijo a Charlie, suspirando aliviada—. ¡Toma, papá! —le tendió el hacha.

—¡Margaret, estás equivocada! —gritó el hombre de la gorra, alarmado—. ¡Te ha engañado! ¡Te ha engañado!

El doctor Berger de la cabeza descubierta se movió con rapidez. Tomó el hacha, avanzó hacia adelante, y la blandió con todas sus fuerzas.

El otro doctor Berger abrió la boca y emitió un grito de pánico. El grito se extinguió cuando el hacha partió con facilidad su cuerpo en dos.

Un líquido denso y verde salió de la herida. Mientras caía, con la boca abierta por la sorpresa y el horror, Margaret vio que su cuerpo era en realidad un tallo. No tenía huesos ni órganos humanos.

El cuerpo cayó con un golpe seco, dentro de un pozo de líquido verde.

—¡Princesa, estamos a salvo! —exclamó el doctor Berger—. ¡Adivinaste muy bien!

—No adiviné —respondió Margaret, cayendo en sus brazos—. Recordé la sangre verde. Sabía que mi verdadero padre tendría la sangre roja.

—¡Estamos a salvo! —exclamó la señora Berger corriendo a los brazos de su esposo—. ¡Estamos a salvo! ¡Estamos a salvo!

Los cuatro se abrazaron llenos de emoción.

—Hay otra cosa que debemos hacer —dijo su padre a los chicos—. Es preciso sacar al señor Martínez de la alacena.

Para la hora de la cena, las cosas casi habían regresado a la normalidad.

Finalmente habían conseguido dar la bienvenida a su madre, y habían intentado explicarle todo lo que había ocurrido en su ausencia.

El señor Martínez había sido rescatado de la alacena sin mayores problemas. Él y el doctor Berger habían sostenido una larga discusión acerca de lo sucedido y del trabajo del doctor Berger.

Se mostró maravillado por lo que había conseguido hacer el doctor Berger. Sabía lo suficiente para advertir que se trataba de un descubrimiento que haría historia.

—Quizás necesite el ambiente del laboratorio que ofrece la universidad. Hablaré con los miembros de la junta directiva para que vuelva a ser parte de nuestro equipo otra vez —dijo el señor Martínez. Deseaba emplear de nuevo a su padre.

Luego de conducirlo a su casa, el doctor Berger desapareció en el sótano durante cerca de una hora. Regresó agotado y con una expresión de tristeza en el rostro.

—Destruí la mayor parte de las plantas —explicó mientras se dejaba caer en un sillón—. Tuve que hacerlo. Estaban sufriendo. Más tarde destruiré las otras.

—¿Todas las plantas? —preguntó la señora Berger.

—Pues . . . hay algunas normales que puedo sembrar en el jardín —replicó. Sacudió la cabeza con tristeza—. Sólo unas pocas.

Durante la cena finalmente se armó de valor para explicar a su esposa y a sus hijos lo que había ocurrido en el sótano.

—Estaba trabajando en una superplanta —dijo—. Intentaba fabricar una planta electrónicamente, utilizando elementos del DNA de otras plantas. Luego, accidentalmente, me corté la mano con una de las placas de vidrio. Sin advertirlo, parte de mi sangre se mezcló con las moléculas de la planta que estaba utilizando. Cuando encendí la máquina, mis moléculas se mezclaron con las de la planta y terminé con algo que era en parte humano y en parte planta.

—¡Es horrible! —exclamó Charlie, dejando caer su tenedor lleno de puré de papas.

—Pues bien, soy un científico —replicó el doctor Berger—, y por ello no pensé que fuese horrible. Creí que era fascinante. Quiero decir, había inventado una nueva especie de criatura.

—Aquellas plantas con rostros . . . —comenzó a decir Margaret.

Su padre asintió.

—Sí. Fue lo que hice al insertar materiales humanos dentro de los de las plantas. Las guardaba en la alacena. Me entusiasmé. No sabía qué tan lejos podía llegar, qué tan humanas podían llegar a ser las plantas. Podía ver que mis creaciones no eran felices, que sufrían. Pero no podía detenerme. Era demasiado emocionante.

Bebió un poco de agua.

—No me dijiste nada de eso —observó la señora Berger sacudiendo la cabeza.

—No podía hacerlo —respondió—. No podía decírselo a nadie. Estaba . . . Estaba demasiado involucrado. Luego, un día, fui demasiado lejos. Creé una planta que era una copia exacta de mí en casi todos los aspectos. Lucía como yo. Hablaba como yo. Tenía mi cerebro, mi mente.

—Pero aún actuaba como una planta en ciertas

cosas —afirmó Margaret—. Comía alimento para plantas y . . .

—No era perfecta —dijo el doctor Berger, inclinándose sobre la mesa del comedor. Hablaba en un tono bajo y serio—. Tenía fallas. Pero era lo suficientemente fuerte e inteligente como para vencerme, para encerrarme en la alacena y tomar mi lugar . . . y para continuar con mis experimentos. Y cuando Martínez llegó, inesperadamente, lo encerró también en la alacena para mantener a salvo su secreto.

—¿La cabeza llena de hojas era una de las fallas? —preguntó Charlie.

El doctor Berger asintió.

—Sí, era casi una copia perfecta de mí. Casi un ser humano perfecto, pero no exactamente.

—Pero papá —dijo Margaret señalando su cabeza—. Tú también tienes hojas.

Alzó la mano y arrancó una.

—Lo sé —dijo con una mueca de desagrado—. Es realmente horrible, ¿verdad?

Todos estuvieron de acuerdo.

—Pues bien, cuando me corté en la mano, algunos de los elementos de las plantas se mezclaron con mi sangre —explicó—. La máquina generó una fuerte reacción química entre estos elementos y mi sangre. Luego, de un día para otro, todo mi cabello desapareció. Y las hojas comenzaron a brotar de inmediato. No se preocupen. Ya han comenzado a caer. Pronto tendré cabellos otra vez.

—Margaret y Charlie aplaudieron.

—Supongo que las cosas regresarán a la normalidad en esta casa —dijo la señora Berger, dirigiendo una sonrisa a su esposo.

—Será mejor que lo normal —dijo sonriendo también—. Si Martínez convence a la junta de que me ofrezcan el empleo de nuevo, vaciaré el sótano y lo convertiré en el mejor sitio de juegos que hayan visto jamás.

Margaret y Charlie aplaudieron de nuevo.

—Todos estamos con vida y a salvo —dijo el doctor Berger, abrazando a los dos chicos a la vez—. Gracias a ustedes.

Era la cena más feliz que Margaret podía recordar. Después de recoger la mesa, salieron a tomar helado. Eran casi las diez de la noche cuando regresaron.

El doctor Berger se dirigió al sótano.

—Oye . . . ¿adónde vas? —preguntó su esposa.

—Sólo voy a destruir el resto de las plantas —le aseguró el doctor Berger—. Quiero cerciorarme de que todo haya desaparecido, de que este horrible capítulo de nuestras vidas esté terminado.

Al final de la semana, la mayor parte de las plantas había sido destruida. Una gran pila de hojas, raíces y tallos ardió en una hoguera que duró varias horas. Unas pocas plantas pequeñas habían sido trasplantadas al jardín. Todo el equipo había sido desmantelado y trasladado a la universidad.

El sábado, toda la familia salió a comprar una mesa de billar para el sótano. El domingo, Margaret se encontró en medio del jardín, contemplando las doradas colinas.

"Hay tanta paz ahora", pensó con alegría.

"Tanta paz. Y es tan bello todo esto".

La sonrisa desapareció de su rostro cuando escuchó un susurro a sus pies—: Margaret.

Bajó la vista y vio una pequeña flor amarilla que tocaba su tobillo.

—Margaret —susurró la flor—. ¡Ayúdame, por favor! ¡Ayúdame, soy tu padre! ¡De verdad! ¡Soy tu verdadero padre!